可愛い可愛い彼女（わたし）がいるから、お姉ちゃんは諦めましょう？

［著］
上月司
Tsukasa Kohduki

［絵］
ろうか

Let's give up
on my sister
because you have a
lovely, lovely
girlfriend, okay?

プロローグ

「ハイ、センパイ。あーん、ですよ」

可愛らしくて甘い声と共にわざわざ口元まで運ばれてきたのは、黄色い玉子焼だった。

気もそぞろだった往人には不意打ちで、反射的に口を開けてしまう。失策に気付いた時には、玉子焼はもう口の中だ。

しまったと思いながらもぐもぐしていると、隣に座っていた詠美が顔を覗き込んでくる。

第一印象を１００人に訊いたら99人は『可愛い』か『綺麗』と答えそうな、どこからどう見ても美少女な詠美が、大きな瞳で真っ直ぐに往人を見つめて、

「どうですか、センパイ？　他のおかずは冷凍とママが作った物ですけど、玉子焼だけはわたしが作ったんですよ？」

「…………う…………割と美味いんじゃないかなぁ……」

すぐ横でキラキラした目を向けられて『こんなの普通だよ』と言える程、往人は人でなしじゃなかった。実際、甘さ控えめでちゃんと美味かったし。

　それより何より、『あーん』なんてやられてしまった事実が恥ずかしい。誰かに見られていたらどうすればいいのか。

　往人達がいるここは、生徒会室や理科実験室などが多数入っている特別棟の、屋上前の階段だ。屋上へのドアは施錠されていて入れないので、こんな所に来る生徒はまずいない……が、絶対に誰も来ないとは限らない。実際、自分達はここに来ているのだから。

　不安とドキドキで往人の心臓が馬鹿になりそうな中、隣の美少女はふにゃっと微笑み、

「あは、良かったぁ。センパイが玉子焼は砂糖派か醤油派か知らなかったから、ちょっとドキドキだったんですよ。お口にあって良かったです」

　大きくて愛らしい目を細めてそう言うと、また玉子焼を摘まみ、今度は自分の口の中へと入れる。

　幸せそうな表情でもぐもぐと食べて、「んー、上出来上出来」と呟き……それから「あっ」と何かに気付いたように小さく声を漏らし、

「今の、センパイと間接キスになっちゃいましたね！」

「……いや僕は玉子焼にしか触れてなかったよ。箸はノータッチだったから」

「えー、そうなんですか？　なーんだ、残念だなー」

　唇を尖らせても美少女はやっぱり美少女で、なんかもう全てがあざとく見える。なんだろう、存在自体がずるい。

その隣に自分がいる不自然さもあって、往人は逃げ出したい気持ちで一杯だった。世の男子に羨ましがられるのは必然の状況だけど、往人にとっては地雷原に等しい。

何故なら――

「あっ、そうだ。こっちのウインナーもわたしが焼いたものなので、これも食べてみてくださいよ。なかなかに上手く焼けたんですっ」

ウインナーを箸で摘まみ上げてにこにこ笑顔で勧めてくる詠美に対し、これ以上付け入る隙を与えたらいかんと往人は気を引き締める。

必要なのはノーと言える勇気だ。ペースを乱されて押されているが、往人も気は強い方だとよく言われる。

「や、いいよ。その間接キスになるってのも風紀的に良くないと思うんだ、うん」

「でもセンパイ、お箸ないじゃないですか。それにおにぎりだけじゃ物足りなくないです？」

返す刀で図星を突かれた。

確かに往人の昼食は大きめおにぎり三つだけで、具は全部変えているとはいえ、正直玉子焼やウインナーはあって嬉しいおかずだ。今も目の前に差し出されて、口の中に唾が溜まってきている。

しかしそれとこれとは別問題なので、往人は首を縦には振らない。食欲に負けてどうするのか。

「いつものことだから大丈夫だよ。それにほら、君が食べる分が少なくなるし」

「逆ですよ、センパイ」

「う、ん？　逆？」

「はい。今日は初めからセンパイに食べて貰うつもりで、いつもより多く持ってきたんです。だからセンパイが食べてくれないと、残すことになるか……そうならなくても、太っちゃいます」

「太るって……」

　言われて改めて見てしまうが、詠美は全然太ってない。びっくりするくらい小顔だし、手足もほっそりしている。むしろもうちょい肉付きが良くてもいいんじゃないかとさえ思う。

　だがしかし女性の体型や体重のことには迂闊に触れちゃならんと、往人の乏しい女性知識が訴えていた。これでも飲食店経営者の息子なので、女性客の『ねえねえ、最近ちょっと痩せた（太った）んだけど、どう思う？』という難解すぎる問題をぶつけられて悲惨な体験もしてきている。

　だからこそ『痩せてるから気にしなくていいよ』の一言がスッと言えず……その間に、相手の連続攻撃を許してしまった。

「じゃあじゃあ、味見だけでも。半分だけでも食べてくださいよー」

「……え？　半分って………ぃいっ!?」

ウインナーを箸で割るってことなんだろうかと思いきや、詠美が取った行動は往人にとって予想外のものだった。

徐に パクリとウインナーを咥えた詠美は、そのまま顔を近付けてきて、

「ふぁい、ふぇんふぁあい。ふぁんふんほふぇふ」

「…………いやいやいやいやいやいや！　ないよ！　どうしてそんなのやると思うよ!?」

一瞬のフリーズの後、全力で無理ですと訴える往人だが、詠美は悪戯っぽく目を細めて、

「んー。んー、んん、んー？」

「何言ってるか全然分かんな……だっ、近付くなって駄目だってば!?」

顔を寄せてくる詠美に、往人は咄嗟に体を退く……が、すぐに後ろの壁にぶつかってしまう。

しかも詠美が両手を伸ばし、壁ドンするような形で両サイドの逃げ道を塞いできた。

迫り来るウインナーと、詠美のほんのりと赤らんだ顔。口に触れるのがウインナーだけで終わるなんて、ちっとも思えない雰囲気だ。

「ま、待て。話せば分かる……話せば分かるから、ちょっと落ち着いて……！」

「んっん、んー。んんん……んん、ん？」

相変わらず何を言っているか分からない……はずなのに、何故か往人には最後だけ『嫌ですか？』と訊いてきたように思えてしまった。

仄かに潤んだ瞳で、じっと見つめられている。ウインナーを咥えたままの、普通なら間抜け

なはずのシチュエーションなのに、それでも詠美の美少女っぷりは変わらない。むしろ愛らしさが増しているくらいだ。

「……………ん、ん？」

「……い、嫌とかそういう問題じゃなくて……その……！」

至近距離で再度問い詰められた気がして、往人は口ごもる。

そんなことを訊かれても、嫌かどうかなら嫌な訳がない。詠美は物凄く可愛いし、そもそも往人は彼女がいたこともなければモテたこともない。

けど、受け入れられるかどうかは話が別だ。嫌じゃないけど、絶対駄目だ。

そんな確固たる意志があるつもりなのに、往人は強引に逃げることも出来ず、ウインナーと桜色の唇は今にも触れそうなところまで迫って——

「そんなところで何をしているの？」

「いっ……!?」

「……ん―」

突然横手から聞こえてきた声に、往人は本当に心臓が止まるかと思った。

咄嗟に振り向けば、声のした階下には一人の女生徒が立っていた。どこかに向かおうと歩いていてたまたま通りかかったみたいで、廊下から往人達の方を見上げている。

縁太の眼鏡を掛けた、両手に何冊もの本を抱えた長い黒髪の彼女のことを、往人は知っている。そりゃもうよく知っているし、こんな場面は見られたくなかった。

何故なら彼女は——

「むー。タイミング悪過ぎです。もう少しでセンパイにおかずごと美味しく頂いて貰うところだったのに」

昼でキープしていたウインナーを食べた詠美が恐ろしいことを言うと、階下の彼女の頬が微かに引きつる。

「そう。でも、ここは学校で、過度な接触は不適切よ。ただでさえ人目を集めるのだから、弁えて」

「はぁい。やれやれ、お姉ちゃんってば小姑みたい」

ちっとも反省はしていない様子でしれっと暴言を吐く詠美に、往人の方が居たたまれなくなる。

あんまり見たくないが恐る恐る階下へ視線を向けると……意外なことに、彼女はにこっと笑顔を見せた。慈愛に満ち溢れた聖女の微笑みだ。

……なのに何故だろう、往人にはその背後に激昂する阿修羅の幻影が見える気がした。

「あまり瀬尾君に迷惑かけないの。もう高校生なんだから、子供じゃないのよ」

「勿論、分かってますよー。だから子供じゃ出来ないようなことをイロイロやるんですよね、センパイ？」

「僕発信みたいな言い方は止めてくれよ⁉　僕はそんな、君とどうこうするつもりなんてないんだから！」

キッパリと往人が言い切ったのは、あらぬ誤解を生みたくないからだった。

他ならぬ彼女には——階下から眼鏡越しに鋭い眼光で圧をかけてくる詠美の姉にだけは、絶対に勘違いされたくない。まあこの状況を見て勘違いしない方が稀だとは思うが、それでもだ。

……と、往人が身の潔白をアピールしようとした直後、

「もう、センパイってば他人行儀すぎです。いつもみたくエイミーって猫撫で声で呼んでくださいよー」

こてん、と詠美の頭が、往人の肩に乗せられた。柔らかな髪が頬に当たって、ふわりとオレンジに似た香りが鼻を擽る。

思わずドキッとしてしまうが、うっかり固まってなんかいられない。

「そんな呼び方なんてしたことないよ⁉　僕そんなキャラと違うし！」

「わたしの前でしか見せないセンパイの意外な一面、良いと思いますよ？　それに、特別な関係なんですから特別な呼び方をして欲しいなって希望もありますし」

至近距離から見上げてくる詠美の可愛らしさは破壊力抜群で、往人の心臓の鼓動は早鐘どこ

ろかバグっているみたいにドドドドと高速連打状態だった。

ただしそれは詠美が美少女だからなっているだけじゃなくて、改めて突き付けられそうになっている大問題のせいでもある。

そして詠美は天使にも小悪魔にも見える極上笑顔で、

「だって――センパイとわたしは付き合っているんですから」


……往人が直視したくないその件を、ハッキリと言い放った。

――そう。とても残念なことに、往人は詠美と付き合っている。

往人の方から告白をして、詠美が受け入れた。まだ彼氏彼女の関係になって数日だが、詠美の言うことは間違っていない。

こんなに綺麗で可愛くて甘え上手でスキンシップも得意な彼女がいるなんて、普通に考えれば幸せ以外の何でもない――はずなのに、往人が胃をキリキリさせて苦悶しているのには理由がある。

人生初めての、勇気と知恵を振り絞っての告白で――相手を間違えたという、とびきり最悪で間抜けな理由が。

一　転機はいつも突然で

「朝から何となく思ってたんだけど、今日のゆっきー、ちょっと変じゃね？」

昼休みの中頃。いつも通り大きなおにぎり三つの昼食を食べ終えようとしていた往人に、クラスメートの滝川馬亥兎が購買から戻って来るやいなや、そんなことを言ってきた。

「別に、熱もないし健康そのものだよ」

「そーいうんじゃなくてさぁ。ほら、朝は遅刻ギリギリだったし、体育の時はオカセンの話を聞いてないって怒られてただろ。あと、さっきの授業の時も外見てボーッとしてたしよ」

空いていた前の席を陣取った馬亥兎は、焼きそばパンを片手にイスに反対向きに座って、根拠を具体的に挙げてくる。

指折り数える友人の姿に、往人はしらを切るのは無理だと悟った。

そもそも、瀧川馬亥兎は勘が鋭い。勉強は苦手だが頭は悪くないと思わせることが多々あるし、よく人を見ている。そこに明るくカラッとした性格、一年の頃からバスケットボール部のエースとして活躍する高身長で運動神経抜群なスペック、とどめに顔も爽やか系ときた。

たぶん学年で一番の人気者が馬亥兎という男で、往人とはまるで違う人種だ。友人と言えるのは数人程度、運動は苦手で勉強は頑張って中の上、身長はクラス平均より下で、顔も特別良くはない。可も不可もないと自己評価する程度だ。性格だって社交的とは言い難く、煙たがられることもしばしばある。

そんな往人だから、メインステージでスポットライトを浴びるのが当然の馬亥兎とはクラスメート以外の接点などなく過ごして終わるのが普通の流れだろうが、そうはならなかった。一年の時にふとしたことが切っ掛けで往人は大いに気に入られてしまい、いつの間にやら趣味も嗜好も合わないのに妙にウマだけは合う友人になっていた。

ただし往人はクラスでも浮き気味なので、人気者の馬亥兎でも往人と喋っている時はあまり人が寄ってこない。例外が一人いるくらいだ。

「……昨晩は全然寝付けなくて、ようやくうとうとした頃には夜が明けそうになっててさ。英語の授業中も寝落ちしかけてたし、体育の後は吐きそうだったよ」

「へぇぇ、そうなんか。オレなら無理せず寝ちまうけど」

「その目立つガタイと頭でよく堂々と寝れるなぁ。後ろの席でも一発でバレるだろうに」

「まー、注意はされっけど。朝練あるし早弁もするし、分かんない授業だとやっぱ寝ちまうよ」

喋りながら馬亥兎は自分の髪の毛を指で摘まんで軽く引っ張る。やや短めの髪は、遠くからでも目立つピンク色をしていた。ちなみに昨日からで、一昨日までは長めの金髪だった。あんな色に染める気になれなければ似合うなんて全然考えられない往人は、鮮やかなピンク髪をしげしげと見つめて、

「結局、部活の顧問から何も言われなかった？」

「チラッと怒られたけど、そんだけだったぞ。『正論マン』で名を馳せたゆっきーのアドバイスのおかげだな！」

「……名を馳せるどころか、僕が耳にしているのは『クソ正論バカ』って悪口だけどなぁ」

そもそも『正論マン』も尊称じゃなくて皮肉か馬鹿にしてるかのどちらかなんだろうが、素直な馬亥兎は褒めているつもりなんだろう。

まあ、そう言われるだけの不評を買った自覚もあるので、往人は怒る気にもなれない。

そもそもの切っ掛けは、一年最初の委員決めのＨＲで、目の前にいる馬亥兎の意見を真っ向から拒絶したのが始まりだ。

殆どの委員に立候補者が出ず、埒が明かないのでくじで決めようという話になった時、馬亥兎が『オレ、部活に入るから委員なんてやらされても困るわ。部活組はくじ免除にしてくれね？』と言い出した。

誰よりも目立って、ただやりたくないだけじゃなく正当な理由があると信じさせるだけの雰囲気がある馬亥兎の一言で、話は纏まりかけた。

そこに反対の一石を投じたのが、往人だ。

『部活に入るのは個人の勝手だし、バイトをするつもりの人もいるだろうし、単純にやりたくない人もいるはずだよ。好きなことをやる人間だけ省くのは公平じゃない』

――そんな感じのことを言って、纏まりそうだった空気は一気に壊れた。馬亥兎の意見に賛同していたクラスメートからは睨みつけられたり舌打ちされたりと分かりやすく不満がぶつけられ、入学早々に往人は浮いた。高校で友達が殆どいないのはこの一件が大きいのだろう。そうじゃなければ単に嫌われているってことになるから、そっちの方が辛い。

ただ、意外にも『なるほど、確かになー』と真っ先に賛成したのが意見を否定された馬亥兎だったので、その場は荒れずに済んで、結局委員決めは全員参加のくじ引きになった。

そして往人はくじの結果で図書委員になり、何故か馬亥兎に気に入られて向こうから話しかけてくるようになったのだから、世の中どう転がるか分からない。

何にせよ、往人は別に自分が委員になりたくない一心で言った訳じゃなかった。理に適ってないから声を上げただけだ。

だから今回も、染髪が校則違反ならアドバイスなんてしなかった。部の顧問がどう思うかというだけだから、それならと説得材料を見立てただけだ。

「それなりに効果はあると思ったけど、あれで納得してくれたのなら瀧川だからって気がするなぁ。性格とか実績とか」

正直なところ、あれでお咎め無しになるとは往人にとって予想外だ。てっきり地獄のサーキットトレーニングくらいは課せられると思っていた。

「アドバイス通り『試合中に敵も味方も一瞬でオレだって分かるように染めた』って言ったら、顧問のりっちゃんがしばらく黙った後で『そんな頭にしておいて地区予選でこけたらフルマラソン走らせるぞ』、ってさ。やー、良かった良かった」

「……良いのかどうか微妙に思えるんだけど。地区予選ってそんな簡単に突破出来るのか？」

「楽勝ではないけど、まーいけるべさ。決勝リーグまではノルマだと思ってるし」

往人はバスケットボールのことも地区のレベルも分からないのでそんなもんかと思うしかないが、これを他の誰かが言っていたら『そんな甘くないんじゃないか？』と突っ込んでいたはずだ。

そうさせない妙な説得力と、信じてやりたい気にさせるのが滝川馬亥兎だ。主役級の存在感とでもいうべきか。

焼きそばパンを大きな口で頬張る姿は飾り気がないのに魅力的で、自分とは違う人種だと往人は改めて感じる。

ただし劣等感はない。強がりでも見て見ぬフリでもなく、自分と他の誰かは違うのが当たり前なんだから、殊更気にしたって意味がない。

なので往人が今感じているのは馬亥兎の特別さより、寝不足の原因に突っ込まれずに話が終わりそうな安堵の方だった。

話を戻されても困る。出来れば嘘を吐きたくないし、かといって本当のことはもっと口にしたくない。

「ところでよ、今日ってなんか特別なことあったっけ？」

「そんなふんわりとした訊かれ方をしても困るけど、ないと思うよ。図書室は昼休みと放課後の開放がなくて整理仕事だから、僕的にはなくもない程度で」

「んー、そっか。や、なんかさ、学食も購買もやけに人が多くてよ。弁当派が今日だけ鞍替えするイベントでもあるかなー、って」

「そんな要領の得ないイベント、まずないはずだけど……ふむ」

言われてみれば、教室の空気も少しだけ普段と違う。やたらとこっちを気にしている生徒がいるし、教室の外からも見られているみたいだった。

馬亥兎がいるから異常事態とまでは言わないが、たまにこうして二人で昼食を摂っている時はここまで注目を集めていないはずだ。進級してもクラス替えがないので一年以上同じ教室で過ごしているから、恐らく間違っていない。

なら何が注目される原因なのか、肝心のそこが分からず往人が眉を顰めていると、

「――原因はそこの男です、師匠」

「いっ……!?」

不意に聞こえてきた声に振り向けば、往人の後ろに座り込んでいる女生徒の姿が。

「こ、小松原さん、いつからそこに……？」

「つい先程。珍しく気取られずに師匠の背後が取れました……くふ」

往人が心臓をバクバクいわせて驚く様子を湿度の高い笑みで嬉しそうに見ているのは、隣のクラスの小松原細雪だった。

イスではなくて床に直接座っている細雪は、よく見れば可愛らしい顔立ちをしているのに、やたらと野暮ったくてもっさりしている長い髪と、地味に痛々しい言動で全てを台無しにしていた。同級生を『師匠』なんて呼ぶ時点で完全に一般枠からフェードアウトしてしまっている。

そんな彼女に懐かれているというか慕われている往人の元に来ることはたまにあるものの、こんな風に教室へ入り込んで来るのは珍しかった。

「へい、さっさー。オレが原因ってのはどゆことよ？」

「変な呼び方しないで。そして話し掛けないで。干支男に絡むつもりはないの」

身を乗り出して覗き込んできた馬亥兎を、細雪が冷たく遮断する。

往人からすれば細雪を『さっさー』と呼ぶのよりも馬亥兎を『干支男』と呼ぶ方がよっぽど酷いと思うが、当の馬亥兎は気にしていないみたいだった。器がでかい。

とはいえ、普通なら『名前が干支で構成されているから』って理由でこのイケメンに干支男なんて渾名は付けない。良くも悪くも細雪の感性は特殊だ。

同時に、学年一の人気者とスクールカースト底辺の自分が親しげに会話などしているところを多くの人に目撃されたらどうなるか、そこはちゃんと分かっている。

だから細雪は馬亥兎にはコンクリートの壁を感じさせる塩対応で、出来るだけ身を潜め会話に加わっていることも隠したいのだろう。

その辺りは意外とまともなバランス感覚を持っているのに、わざわざやってきた理由は、

「原因は瀧川って、髪を染めたのがそんなに影響を？」

たぶん違うんだろうけど、と思いながら往人が訊ねると、細雪は小さく首を横に振る。

去年、とある出来事を機に往人のことを『師匠』と呼び懐いてくる少女は、元々の可愛らしさをぶち壊しにする邪悪な笑みで馬亥兎の方を見て、

「そこの男が一年女子に告白し、玉砕したショックで髪を染めたと話題になっているんですよ……ふへへ」

「ふぁっ⁉　え、それって……ええっ……⁉」

「はー、なるなる。あれ、見られてたんか」

かなり秘匿性の高そうな大ニュースをぶち込まれて取り乱す往人を余所に、当の馬亥兎は納得の表情だった。しかもこの反応、デマでもなさそうだ。

教室内の注目がより一層集まっている気がして、往人は意味もなく座ったまま身を低くして、

「……瀧川が振られるのは意外なようで意外じゃないけど……告白して駄目だったの？」

「オレとしては付き合ってから『やっぱない』って言われる方が傷付くけどな！　まー、うん、ダメだったのは間違いないぞ。元からそこまでイケる感触はなかったし、それが原因で染めたってのは違うけど」

「あ、そこは違うんだ……？」

「元々やるつもりだったんだよ。ただ、告ってオッケー貰えたら染めるのは向こう次第で止めようかとも思ったから、後回しにしてたんだ」

「なるほど……なるほど？」

納得しかけた往人だったが、上手く消化しきれなかった。言わんとすることは分かるが、そもそも金髪からピンクにする時点でもうついていけない。

ただ、教室の空気がおかしいのと購買や学食に人が多かったのは納得した。

「瀧川が本当に振られたかどうかは訊けないにしても、髪が大幅イメチェンされてたらその可能性は高いから、確認したい生徒がたくさんいたってことかぁ」

「うへぇ、マジで？　わざわざオレを見に来るなんて、皆暇なんだなー。訊いてくれりゃ答えるし、付き合ったり別れたりならともかく、ただフられただけなのによ」

豪快に残りの焼きそばパンを口に放り込む馬亥兎は、いつも通りの明るくサッパリとしたものので、ちっともへコんでいるようには見えなかった。言葉通り、そんなに大したことじゃないと思っているんだろう。

ただしそれは馬亥兎にとってで、普通は他人事でも気になる。あんな髪の色にしておいて何事もないように振る舞っていれば尚更だ。

だから噂となって細雪の耳にも届いたし、逆に馬亥兎の周辺は台風の目みたいに穏やかで『なんか変だな？』としか感じなかった、と。

「そういうことだったのか……でも、意外だな」

「ん？　オレがフられたのが？」

「まあそれもあるけど。どっちかっていうと、告白したこと自体が意外だったよ。瀧川って、恋愛に関しては来るもの拒まず去るもの追わずな感じで、自分からガツガツいくタイプじゃないと思ってた」

いつも告白されては短期間で振られているイメージが往人にはあるので、実は草食系なのかとさえ思っていたくらいだ。

「まー、そんなに自分からはいかないってのは合ってるぞ。今回は色々と特別だったんだよ」

「特別。一目惚れでもしたとか？」

「んや、何回か見たことあるしそこまで好きって程でもなかった。ただ、何となく付き合ったら上手くいく気がしたのと、顔がドンピシャでタイプだったから、伝統ある『お友達から』でチャレンジしてみたわけさ。ダメだったけど」

「だからそこまでへコんではいないのかぁ……」

そもその感じで告白するという発想が往人にはない。やはり馬亥兎は別世界の人間だと改めて思わされる。

それは細雪も同じだったようで、往人の横からほんの少しだけ顔を覗かせて、

「好感度ゲージもフラグ管理も無視して告白なんてするから失敗するの。イケメン補正は同じく特別な相手には効果が薄いとゲームの歴史が証明しているわ」

「お、何だかんだでさっさーも興味あんじゃん。ま、なかったらわざわざ来ないか」

「ボクが心配していたのは師匠が煩わしい思いをしていないかだけ。でも正直、あのエイミーに干支男が振られて愉快な気分のボクもいる……くふ……」

「おお、性格悪ぃ。ゆっきー、師匠としてガツンと言って矯正しろよ」

「師匠じゃないものなぁ……それより、エイミーって相手の名前？　うちって留学生いたっけ？　それともハーフとかご両親が海外の人？」

「エイミーは日本人です……って、師匠？　まさかエイミーをご存知ない？」

ボソボソと喋る細雪だが、その声と密林みたいな前髪の奥に見える目は驚きと呆れで染まっていた。

そんな反応をされることが意外で、往人は水筒から注いだ麦茶を一口飲み、

「よく分からないけど、知らないとまずいレベル？」

「そらまー、同じガッコに通ってて知らないのはな。どんなアンテナしてんだって感じよ」

「ということは、ガチの有名人？」

「そうですよ。エイミーといえば動画やライブ配信で人気のＳＮＳ『Next stage』——通称ネクステで去年一躍有名になった女の子です」

「あ、そのＳＮＳはやってる。たまに店の宣伝するから」

「マジかよ、やってて知らなかったんか……ゆっきーは相変わらずびっくり箱だなー」

呆れ笑いを浮かべる馬亥兎に、往人は黙ってもう一口お茶を飲む。自分でも流行り廃りには疎い方だと思っていたが、両極端の二人にこんな反応をされる程だとは。

「去年あれだけバズったし、二月の段階で今年の受験生にそれっぽいのがいたって話題になってたもんなー。実際に入学してきてからしばらくは一年の廊下に野次馬が集まって、ブチ切れた生活指導のタムタムがずっと番人みたいに立ってたじゃんか」

「初めて聞くなぁ……テレビには出てる人？」

「前になんかの情報番組で取り上げられてたけど、あれは出てるのとは違うか。芸能人というかインフルエンサーというか……カテゴライズが難しいんだよ。ちなみに春までは『世界で最も有名な女子中学生』って言われてたぞ」

「……それを知らないのは流石にまずい気がしてきた」

「まずいも何も、普通に考えれば師匠は知っているのが当然です。だってエイミーは——っ⁉」

意味ありげな発言をしようとしていた細雪だが、不意にはっとした表情になり、頭を引っ込めた。

　その直後、

「なあおい、馬亥兎！　お前がフられたって噂になってっけど、マジかよ⁉」

「ばっか、声がでけーぞ。こそっと聞こうぜ、こそっと」

　開けっ放しだった教室の前のドアから入って来るなり騒がしくしているのは、往人も見覚えのある二人だった。確か野球部の近藤とサッカー部の木原だ。

　花形運動部特有の雰囲気を纏った二人は馬亥兎の傍に来て「相手はエイミーってマジか⁉」とやり始めたので、往人は静かに席を立つ。気付いた馬亥兎が『悪いな』と目で謝ってきたのには微かに口元で笑って返す。

　ちなみに細雪の姿は既にない。いち早く陽なる者の接近を察知した彼女は、もう教室からも出ている。流石は自他共に認める陰の者だ。

　その後を追う訳じゃないが、とりあえず残りの昼休みは適当に教室の外で潰そうと往人は決めた。

「相手が相手だしいきなり過ぎだし、勝算はあったんかよ？　フツーに考えて無理筋だろ」

「やー、別に。オッケー貰えるならそれで良かったけど、ダメでも取っ掛かりになりゃいいなと思ってたくらいだな」

「にしても、少しは段階を踏んでよ――……」

声を抑えない三人の会話だったが、ちゃんと聞こえたのはそこまでだった。

教室から出た往人はどこに行くとも決めずに何となく校内を歩き、頭の中ではさっきの会話や馬亥兎の告白のことを思い返す。

――いきなり告白した馬亥兎の判断は、正しくはないかもしれないけど、間違ってはいないと感じた。

数日前の往人なら、『もっと考えてからやれ』とか『何段飛ばしもするよりちゃんと好きになってから告白すべきだ』とか言っていたはずだ。でも、今はそれを口にする気になれない。

そりゃあ正しいのは順序良く段階を踏んで、まずは友人になり互いを知り合ってから告白する流れだろう。友人を経ずにいきなりの恋人関係を望むにしても、せめて告白前に好意を持ってますアピールをしてからが妥当なはず。

けど……そんな正しさに、意味はない。

関係性が薄い相手にも正論を言ったりルール違反を咎めたりするので周りから『正論マン』とか『クソ正論バカ』とか陰口を叩かれることもある往人だが、別にルールや常識に縛られているつもりはなかった。

正しいことが罷り通らないのは腹立たしいが、そもそも恋愛に於ける正しさなんて、不貞行為をやらないことくらいしか思いつかない。それだって人によっては有りだと言うだろう。

ともあれ、だ。

「……正解なんて分からないし、時間だって…………っと」

考えながら歩いていたら、いつの間にやら第二校舎にある図書室の前まで来てしまっていた。

図書委員の往人にとっては馴染み深い場所で、ドアには『本日、図書室の利用は出来ません』とプレートが掛けられている。これは昼過ぎに届く予定の本があるので、今日の昼休みは置き場を作る為、放課後は本のチェックとカバー貼りやナンバリング管理をする為に一般利用はなしになっていた。

なので放課後、往人はここで三年生の先輩と二人で図書委員として作業をする予定だった。

だが、予定はそれだけじゃない。図書委員としてではなく、一個人としての予定がもう一つある。

――一緒に作業する先輩に告白するという、一大イベントが。

◇　◆

人生、のんびり構えてちまちまやっている場合じゃなくなる時もあると往人が知ったのは、つい昨日の夜のことだった。

往人は父と子の二人暮らしで、家は自宅を改築して洋菓子喫茶を営んでいる。なので家事の半分は往人が担当しているし、放課後は父がオーナー兼パティシエを務める『グラスアワー』という店の手伝いをすることが多い。

店の営業時間は午前十時から午後九時まで。定休日は水曜日で、昨日はその週に一度の定休日だったので、父親と二人で同じ食卓を囲み夕飯を食べていたのだが……

全く予期していなかった、正しく青天の霹靂ともいえる言葉が、父の口から飛び出した。

「店な。年内か年度内を目安に、畳むことになりそうだ」

「…………それは…………また急な話だね」

食後のデザートに余り物のフルーツケーキを食べていた往人は、フォークを落とすようなベタな反応こそしなかったものの、完全に頭は真っ白になった。

向かいに座る父親の瀬尾延彦は、往人とは違いゴツい体格の強面で、その割に性格は大人しいというか内向的というか、声を荒げて怒るシーンなど一度も見たことがないような人だ。若い頃にパティシエになるべく海外で修行を積み、向こうでそれなりの成果を出し、若くして日本の有名ホテルからスカウトされて帰国、十年近く勤めてから晴れて自分の店を持ったという経歴だった。

身内補正があるにしても父親の腕は確かで、特にマカロンとチーズケーキとガトーショコラはそれしか頼まない固定客がいるくらい美味い。一流店と競っても勝てるんじゃないかと思う程だ。

それなのに店を畳むというのは、往人にとって意外……とも言い切れなかった。

「それじゃ、夜の客だけじゃなくて、昼の客も少ないままなんだ？」

「ああ。大型モールに商店街の半分近くが移転した影響は思っていた以上にでかかったな」

四ヶ月前、駅を挟んだ反対側に大型モールが完成し、それ以来『グラスアワー』の客も減る一方だった。

何しろ商店街の中じゃなくて、その先の住宅街近くにある店なので、わざわざ足を延ばすには少し遠い。これまでは何とかやってこれたが、このままじゃ拙いだろうなとは往人も感じていた。

おまけに、

「イートインスペースを作った直後だもんなぁ……しかも予想と違って、客入り悪いし……」

「……やっぱり、父さんが店に立つのはマイナスだったのかな……」

「常連さんは慣れてるから平気だと思ったんだけどねぇ。新規客の取り込みには完全に失敗しちゃったか……」

ヘコむ父親には緩めのコメントをするしかないが、実際は致命傷になるくらいのマイナスのはずだ。以前、持ち帰りだけの販売だった時も、カウンターに立つ父親の姿にドアを開けるも入らず回れ右をして帰る客を目撃したこともあるから、中で落ち着いて飲食を楽しむのに野人ばりの強面は不適合なんだろう。

「バイトが続いてくれれば少しは何とかなるはずだったんだがなぁ……」

「客のいない暇な空間に父さんと二人きりは辛いのかなぁ。髭が駄目だとか」

「……剃ると余計に怖がられるからどうしようもないんだ……顔の傷も目立つし」

「スペインで酔っ払いにやられてザックリいっちゃった、なんて一々説明も出来ないしね。予備知識無しで見たら、確実に暴力を生業としている人だよ。腕も太いし」

「菓子作りはセンス以上に体力がものを言うんだから仕方ないだろう」

つまるところ、全てが悪い方に作用してしまっていた。なので赤字続きは残当だ。

「改装費用で銀行に借金もあるが店を手放せばお釣りが来るだろうし、幸いなことに今でも父さんの腕を買ってくれて誘いの声もあるからな。お前の大学進学費用も残してあるし、その意味では安心してくれていいんだが……店を売るとなると、この家を出ることになるし、父さんの就職先次第では転校もしなくちゃならん。だから済まないが、その覚悟と準備だけはしておいて欲しい」

「…………そっか。そうなるよね」

自宅兼店舗が持ち家なのは賃料が掛からないという大きなメリットがあって、だからこそ客がさほど多くなくてもここで五年間続けられた。

けど、店がなくなれば自宅もなくなるので少なくとも引っ越しはマストになるし、近場に就職出来る可能性も低い。パティシエなんて、そこまで需要は多くないだろうし。

となると、このままいけば来年進級する頃には、引っ越しと転校をして、ここではない土地で新たな生活を始めているはずだ。

つまり——もう会えなくなる。

「不甲斐ない親で済まんな。苦労をかけてばかりで」

「そんな、男手一つで育てて貰ってるんだから謝る必要なんてないよ。世の中、向き不向きがあるんだし」

「……その励ましは突き刺さるものがあるな……だが、大学卒業までは責任を持って養うから、そこは安心してくれ」

「それはありがたいけど、その費用があればもう何年か続けられるんじゃゃ？　僕はどうにか奨学金で……」

「返済義務のない奨学金だけだと厳しいぞ。返済義務ありだと、結局は借金だからな。将来の枷になるとやりたいことも出来なくなるぞ」

延彦は厳めしい顔をさらに強ばらせ、

「そもそも、状況を改善出来ないのなら意味がない。ギリギリまで粘ろうと思えば追加融資がなくともあと二年はいける。だが、二年で立て直せるだけの材料があればいいが、なくてはジリ貧だ。早期撤退が賢明だろうさ」

「………………残念だな。自分の店、父さんと母さんの夢だって言ってたのに」

「なぁに、一時でも叶ったんだ、そう悪くもないさ。親が残してくれた家と土地を売る羽目になるのは申し訳無くも思うが、先祖代々のものでもないし全部がなしになる訳でもないからな」

そう話す父親の表情に往人は無念さを感じたが、強がりというだけでもなさそうに見えた。

残り僅かだったフルーツケーキを口に運ぶと、やっぱり美味い。毎日のように売れ残りの洋菓子を食べているが、往人にはどれも高水準に思える。

それでもあまり売れないんだから、商売は難しいとしみじみ思った。

期せずして重い話題が出た夕飯が終わり、風呂も済ませた後。

自室のベッドに横になった往人は、そろそろ日付が変わりそうだっていうのに、ちっとも寝付けずにいた。

いつもならもう夢の中にいる時間帯だが、夕飯の席で父親から聞かされた話が頭にこびり付いたまま離れない。

……店の手伝いをしているから経営状況は知っていた。今年になってからは、長く持たないかもなと思うこともあった。

けど、こんなにハッキリと終わりを告げられるとは、不思議なことにこれっぽっちも思っていなかったと気付かされた。

「…………長くみてもあと一年弱、か……」

往人の通う高校は三年間クラス替えがないので、同じ面子と授業を受けて卒業するのが当然だと思い込んでいたが、どうやらそうはならないらしい。

それに……

「先輩とも会えなくなる……のか」

こっちの事実の方が、往人には重く感じられた。

目を閉じると瞼の裏に浮かぶのは、同じ図書委員として一年の時に知り合った城之崎ゆかりの姿だ。

長身で無愛想で取っ付きにくい先輩だが、同じ曜日を担当しゆかりのことを知っていく内に、気付けば自然と目で追うようになっていて——ハッキリと好意を自覚したのは、今年になってからだった。

だが、往人は告白するつもりなんてなかった。向こうが自分に好意があるかどうかなんて分からないし、少しずつただの同じ委員の先輩後輩より近しい距離感になってきたのを台無しにしたくなかったし、ある程度満たされていたからだ。

……さっきまでは。

「転校したら離れ離れ……いや、そうでなくても……」

ゆかりは三年生だ。内部進学で隣駅の大学に進むものだと勝手に思い込んでいたが、受験する可能性もある。

そうなれば奇跡的に『グラスアワー』が立て直してこっちに残れたとしても、やはりゆかりとは会えなくなる。

敢えて触れないように、考えないようにしていた可能性を目の前に叩きつけられて、往人の意識はこの数時間で変わってきていた。

――自分かゆかりか、どちらの都合だとしても、このままだと来年には遠く離れることになる可能性が高い。

別に、今の関係のままで満足なら、どうもしなくていい。どうせ一学年上のゆかりが卒業すれば、辛うじて連絡先を知っているだけの繋がりだから、自然と疎遠になっていくはずだ。

――そうなるのが、嫌なら。

――離れ離れになっても、繋がっていたいなら。

「…………踏み込むしかない、か……！」

何時間もずっと考えていて、ようやく往人は悟った。

自分はゆかりのことが好きで、この気持ちを抱えたままで終わりたくない。

そして悠長に距離を詰めていくような余裕もない。こっちはまだしも、相手は受験生だ。内部進学にしろ試験はあるし、これから忙しくなるかもしれない。

となると…………取るべき手段は、一つだけだ。

「――よし。明日、告白しよう」

色々とすっ飛ばしての結論だけど、構いやしない。

断られても終わりじゃない。むしろセカンドチャンスの可能性を考慮すれば、少しでも早く告白すべきだ。

というか、告白してオッケーが貰えるビジョンは想像出来ない。手痛く振られるか優しく振られるかの二択しか思い浮かばなかった。

――それでも。失敗は目に見えていたとしても。

一番大事なのは、気持ちを伝えること。様子見をして機会を待つなんて選択肢はない。

振られてもそこでゲームオーバーじゃないし、もし微塵も脈がなくて好意が迷惑にしかならないとしても、それを知ることが出来るんだから無駄にはならない。

傷付いたとしても、何もせずに後悔するよりはずっとずっとマシだ。

「……よし。明日……放課後、図書室で……！」

図らずも明日は注文していた本が届く日で、図書室は開かれず委員が新刊のデータ入力とナンバリングやフィルムカバー貼りなどの貸し出し準備をする予定になっていた。

そして明日の作業予定の委員は、往人とゆかりの二人だ。

この絶好の機会に告白することを決意し、往人はベッドの中でシミュレーションをしながら、眠れない夜を過ごした。

◇　　　　　　　　　◆

——そして運命の放課後が訪れた。

六時間目が体育だったので、他のクラスよりかなり遅れてSHRを終えた往人は、競歩バリの早歩きで別校舎の図書室へ向かった。

新刊搬入の作業はもう何度もやっている。今回は三十冊程度なので、手際良くやれば一人でも小一時間で済む量だ。他の細かい仕事も含めて一時間半もかからない。

これが他の図書委員なら二人揃ってから作業しようかとスマホを弄るなり本を読むなりするだろうが、ゆかりは違う。さっさと一人で作業を始め、それでいて遅れて来たことに小言の一つもなしに片付けてしまう人だ。

なので告白も大事だが、好きな先輩に仕事を押しつけるような結果になるのは良くないと往人は急ぎ、図書室に着いた頃には軽く息が弾んでいた。

寝不足のところに体育で走らされた直後というのも手伝って、ちょっと気持ちが悪い。だが、同時にハイにもなっている。

「……よし。し、失礼します」

ドキドキしながら休みの札が掛けられたドアを開けると、図書室には人の姿は見当たらなかった。明かりもついていない。

ただ、貸し出しカウンターのところに見覚えのある鞄（かばん）が置かれている。あれはゆかりの物のはずだ。

昼の内に搬入されている予定の新規入荷の本が入った段ボール箱もなくて、その代わりカウンター奥にある不透明のドア窓が薄く光っている。

「先輩は司書準備室か……」

恐らく、向こうのパソコンでデータ入力をしているのだろう。貸し出しカウンターにもパソコンはあるが少し古く、立ち上げるだけでもかなり待たされると不評だ。その点、向こうの部屋にあるパソコンは今年度から新しくリースされた物で、最新には程遠いがこれまで使っていたものに比べると段違いに速いし使い易（やす）い。

そして往人（ゆきひと）にとっては、チャンスでもある。

司書準備室と、さらにその奥にある禁帯出の本や各年の卒業アルバムなどが置かれている蔵書保管庫には外窓がない。それだけでなく、防音処理もされている。つまり多少大きな声を出しても、外に漏れ聞こえはしない。

今日の当番組み合わせといい、何というか……良（い）い流れだ。塞翁が馬の故事じゃないが、店の撤退というバッドニュース以降、妙な勢いを感じた。

成功するビジョンなんて全く見えなかったが……これはもしかすると、もしかする可能性もあるのでは……？

俄に湧いてきた期待に往人は胸を躍らせて、一つ深呼吸を挟んでから司書準備室の前へと行き、コンコンと一応ノックしてからドアを開けた。

「瀬尾です、入ります」

声を掛けて中へ入ると、棚や三脚や裁断機でごちゃっとした部屋の奥に、人の気配があった。机の上にパソコンのモニターと山積みされた本があるせいで姿は隠れているが、モニター横からちらりと制服が見えるから、司書の先生ということはないはずだ。

緊張感が高まる中、往人は蔵書保管庫に繋がるドアの前辺りまで移動して、

「遅れてすみません、城之崎先輩」

見えない相手にまずは謝ってから、さてどうしようと考える。

シミュレーションは何十としたが、全部図書室の方でのパターンだった。こっちでやるのは想定外だ。

それにまずは図書委員の仕事を片付けてからの方がいいだろう。でないと告白失敗後に一緒に作業という地獄の展開になりそうだし。

……いや、失敗前提は駄目だ。そんな弱気じゃ叶うものも叶わなくなる。

準備室に微かに響くキーボードを控えめに叩く音を聞きながら、往人はぐっと握った拳に力を込める。

──そうだ、後回しにすると機会を逃す可能性もある。やるなら今、この瞬間が一番いい。仕事なんて自分が一人残って片付ければいいんだから、大した問題じゃない。

後悔なんて、やった後ですればいいだけだ。

「──あの、城之崎先輩。こんな時に言うのもあれですが、僕…………城之崎先輩のことが好きです」

……キーボードの、カタカタと叩いていた音が止まった。

だが、モニターの向こうにいるゆかりの姿は隠れたままだ。イスから立ち上がらず、動きを止めている。

往人はさっきまでの倍速で高鳴る心臓を上から手で押さえ、相手の反応を窺うよりも、とにかく自分の気持ちを伝えようと言葉を繋げる。

「突然で驚いたとは思いますけど、僕、本気です。去年から城之崎先輩と一緒に図書委員をやっていく内に、いつからかは覚えてないですけど、先輩のことを好きになってました」

声が、震えそうになる。口も上手く動かなくて噛みそうだ。

頭の中はずっと真っ白で、昨夜から今日の授業中にかけてずっと考えていた告白の文言は、綺麗さっぱり全部吹き飛んでいた。

だから往人が出来ることは、とにかく想いを伝えるだけしかない。

「先輩の、一度始めたことはやり終えるまで続けるところとか、きっちりしてそうなのに意外とアバウトなところとか、お弁当にミートボールがあると一つ残しておいて最後に食べるところとか、運動は得意なのになんか要領悪くて球技が苦手なところとか、それと……」

喋れば喋るだけ、どんどんパニック状態になっている気がする。告白のはずなのに、自分でも褒めているのか怪しいポイントばかり挙げていて、しかも見過ぎでキモいと言われそうだ。

思い描いていた理想の告白とはかけ離れているのは間違いないが、それでも往人は止まれない。もうやりきるしかない。

「……たぶん僕、先輩のこと、良いところも悪いところもひっくるめて好きとか言える程は知らないと思います。僕が好きになったのは見た目とか図書委員として接していく中で知った先輩の姿で、教室や家ではどう過ごしているのかとか、昔はどんなだったとか、知らないことばかりだと思うんです」

……本とモニターで隠れた向こう側の反応はない。

だが、息を呑んでじっと聞いている気配はある。

だから往人は逆上せたみたいにくらくらする頭で、考えるのではなく思い付くままに話し続けた。

「今のところは先輩後輩でも満足だったんですけど……先輩は三年生で受験するかもだし、僕は僕で来年こっちにいるか分からないし……何より、僕は先輩にとってもっと特別な存在になりたいです。先輩に面白いことや嬉しいことや、逆に困ったことや悲しいことがあった時、家族以外では真っ先に話したいと思うぐらいの、親しい存在に」

　大きく息を吐き出して、往人はぐっと顔を上げる。

　気を抜くと膝から崩れ落ちてしまいそうだった。空気が薄いどころの話じゃない。ゲームでダメージフロアにいると体力が減ることがあるけど、あれをリアルにくらっている感じだ。

　元々寝不足と体育で削られている状態だが、もうこの後で倒れてもいい。ただし倒れるのは全部伝えきった後だ。

　そう気力を振り絞り、往人は想い人に向けて、

「……僕、城之崎先輩ともっとたくさん話して、どこかに出掛けたり、触れ合ったり、あとはその……とにかく一緒に過ごせる関係になりたいんです！　先輩のことが好きだから、後輩や友達じゃなくて、もっと特別な関係に！」

　──言い切った。稚拙というか頭悪そうというか酷い内容だったかもだが、気持ちは伝えられたはずだ。

　あとはもう、判断を委ねるしかない。

　最後の締めくくりに、往人は力を入れすぎて感覚がなくなりかけた右手を前に出し、

「好きです！　僕と付き合って下さ──ぃっ⁉」

「ひぁっ……⁉」

　舞い上がり過ぎていたせいか、往人が差し出した手は積まれた本に当たってしまい、一部が

崩れ落ちた。

「すっ、すいませんっ、ぶつけちゃって怪我は――」

アクシデントに慌てて謝った往人だが、近付こうと一歩足を踏み出したところで、固まってしまう。

高く積まれていた本が崩れたことで、相手の姿が露わになったのだが……違う。

髪は黒じゃなくて明るい栗毛だし、腰まで届きそうな長さも肩を隠す程度。

いつもの野暮ったい黒縁眼鏡はしてなくて、くりんと大きな瞳が、長い睫毛に彩られている。

馬亥兎みたいなイメチェンじゃない。どこからどう見ても別人だった。

――え？　だ、誰？

訊ねようにも、ショック過ぎたせいか声にならず、往人は口をパクパクさせるしかなかった。

見れば見るほど、相手はゆかりじゃない。制服のタイの色も、三年生の赤じゃなくて一年生を示す黄色だ。

しかも凄まじく可愛い美少女で、だからこそ初対面だと言い切れる。こんな芸能人顔負けのハイレベルな容姿の子を覚えていない訳がない。

向こうも往人のことをマジマジと見上げているが、それはそうだろう。知らない相手に見当違いの告白なんてされたんだから。

気まずすぎる沈黙が二人の間に流れ、往人はどう言い繕って『ごめんなさい間違えました』

と謝るべきか、パニクりながらも必死に考える。

だが、その考えが纏まる前に、左側にあった保管庫のドアが開かれた。

「どうか、した？　物音がしたけれど」

出て来たのは、姿の見えなかったゆかりだ。まさか向こうの部屋にいたとは、ちっとも思い至らなかった。

訝しげに自分と謎の美少女を見る想い人に、往人はどう説明すればいいか分からず言葉が出ない。『先輩に告白していたつもりが間違っちゃいました』なんて言えるものか。間抜け過ぎて小指の先くらいはあったはずの可能性も完全消滅する。

……と、その時、正体不明の美少女が立ち上がった。

床に落ちた本を避けるようにぴょんと小さくジャンプをし、往人のすぐ目の前までくる。

そしてじっと見上げてきたと思ったら、不意ににこりと微笑む。こんな状況でもなければ一発でハートを鷲掴みにされそうな、天使の笑みだ。

「お姉ちゃん、報告があります」

「……え？」

「…………えっ⁉」

天使の放った一言に、ゆかりは微かな戸惑いの声を、往人は思いっきり動揺した声を出す。

──『お姉ちゃん』だけでも衝撃の事実なのに、報告。このタイミングで、報告。

それはつまり、今さっき起きた件についてのことで、妹の口から姉に伝わってしまうという……

「ちょっ、タイム⁉　待ったストップ早まらないで⁉」

よもやの事態に往人は慌てて目の前の美少女を止まらせようとするが、如何せん女の子相手だから、無理矢理口を塞いだり羽交い締めにしたりするような真似は出来ない。必死の形相で目で訴えるのが精一杯だ。

お願い頼む伝わってくれと祈る往人に対し、ゆかりの妹らしき美少女は……何故か、往人の手をキュッと両手で握った。

その柔らかさと温かさに驚く間もなく、彼女はゆかりの方を向いて、

「――告白されたので、この人と付き合うことになりました」

……耳を疑うどころじゃない発言に、往人はぼんやりと思った。

――そっか、夢か。寝不足が祟って寝落ちしたんだな、きっと。

そうでなければこんなこと、起こるはずがない。

……しかし現実は非情というか非常識というか、この悪夢めいた謎の展開から醒めることはなく。

握られた手の感触が、これがリアルだと教えてくれていた。

二　どうやらドッキリではないらしい

告白が失敗するのと同時に成功するという、意味不明な出来事が起こってしまった翌日。

午前最後の授業が終わるのと同時に、往人はほぼ死んだ目で机に突っ伏した。

「おーおー、こりゃ酷いな。どんどん生気が抜けてるじゃんか」

茶化すように言ったのは馬亥兎で、「ちゃんと聞こえてるかー？」と肩を揉みながら訊いてくる。

これでも一応心配してくれているのだと分かるので、往人はのろのろと体を起こし、

「……最悪だけど、気持ち悪いとか目眩とかはないから平気だよ。ただひたすらに眠りたいだけで」

「そこまで分かり易く体調悪く見えれば保健室で休ませて貰えるだろ。行って来いよ。あ、オレが送ってってやろっか？」

やはりというか、ナチュラルに優しい。イケメンなのは見た目だけじゃない。なんというか、魂から格好いい。馬亥兎が男女共に人気になる理由だ。

話していると少し元気が出た気がして、往人は弱々しく笑い、

「そこまでいくと大袈裟だよ。それに、眠いけど眠れなくてさ。だから余計に辛いっていうか」

「うへぇ、そいつはキッツいな。昨日も眠そうだったのに、悩める青少年なのかよ。あ、性的な悩みの方かっ？」

「そっちじゃない。悩んでるのは正解だけどさ」

ただし恋愛を性的な悩みというのなら、大正解だ。

——昨日、好きな先輩に告白したつもりが、何故かその妹に告白してしまい、しかもそれが受け入れられるという滅茶苦茶な出来事の後。

混乱した往人がどういうことなのか確認する前に、ゆかりの妹という美少女は『あっ、もうこんな時間！　今日は外せない予定があるから失礼しますねっ』と言って、微笑みを残し司書準備室から去っていった。そしてゆかりも慌てた様子で『ちょっと!?　待ちなさい、どういうことなのっ？』と妹を追って部屋から消えた。

残された往人は、呆然としながらも一心不乱に数十分かけて入荷された新刊の貸し出し準備を全部済ませ、ゆかりが戻ってくる前に帰宅した。鞄が残っていたので戻ってくるとは思ったが、顔を合わせるのは気まずい上に脳が許容量オーバーしそうで、逃げたというのが正しいのかもしれない。

ゆかりの連絡先は一応知っていたし、夜に向こうから『今日のことは、明日学校で改めて』とだけメッセージがきていた。往人は悩みに悩んで『はい』とだけ返し……そこから二夜連続で眠れない時間を過ごす羽目になった。

「何だよシリアス系かよ。話、聞くだけでもいいなら聞くぜ？　あんまり聞き役得意じゃないけどな」

「どうしてそんな頼りないセリフを堂々と言えるのさ？」

「自分が向いてないのは分かっているけど、こーいうのって話すだけでも楽になるもんじゃんか！　なあ、話してみろよ」

机に手を突き、ぐっと顔を近付けてくる馬亥兎に、さてどうはぐらかそうかと往人は重い頭で考える。

正直なところ、告白が妙なことになったとしか言いようがなくて、馬亥兎には説明し辛い。そもそも告白のことは言ってなかったから余計にだ。

かといって嘘は吐きたくないし、どうしたものやら。

「……ちょっとね。人間関係で、上手くいかなくて」

「ふぅん？　誰かとケンカでもしたん？」

「揉めたというかこじれたというか、予期せぬ顛末になったというか……僕自身もよく分からなくて」

話している内に往人は、これは大事な部分を隠したままだと、何がなにやら全然伝えられないと悟る。

それに敢えて話すこともないと思っていたが、余りにも不測の事態が起きたので、誰かに相談したがっている自分がいる。抱えきれないとでもいうか。

昨日とは違い、馬亥兎がいても周りからの注目はほぼない。近くの席の生徒は移動して学食や親しい友達の所に行って空いているし、馬亥兎ならともかく、往人の話を聞き耳立てて注目するクラスメートなんているわけもないし。隣のクラスには細雪というイレギュラーな存在がいるが、見る限り今日は忍び込んで来ていない。

……なら、馬亥兎にくらい話してもいいか。相談には向いてない相手だけど、だからこそ言いやすいというか、的確なアドバイスを貰うなら一から十まで話さなければならないし。

目の前にいるイケメンは爽やか笑顔で、空腹だろうに購買にも学食にも行かず、軽い態度で心配してくれている。往人が女なら、たぶん惚れている格好良さだ。

この男にならいいか、と思わせるだけの雰囲気が馬亥兎にはあるのだ。

「……実はさ。昨日、ちょっとトラブルというか、予想外の事態が起きて」

「へえ？　学校が終わってからか？」

「放課後にね。ここだけの話、瀧川に倣った訳じゃないけど、好きな人に告白したんだよ」

「へえ……へええっ⁉　マジかっ、どこの誰に⁉」

の段階で――」

「声が大きいって。誰かは言わないけど、失敗しちゃってさ。断られたんじゃなくて、その前

告白相手を間違えるというまさかの展開とその結果まで話そうとしていた往人は、誰かに聞かれてないか周囲を窺ったところでフリーズする。

開けっ放しになっていた教室の後ろのドアから、一人の女生徒が入ってきた。

――ただそれだけのことで、教室の空気が一変した。

クラスメートじゃなく、それどころか学年を示すタイは一年生のもの。しかも身長はさほど高くないが、一人だけ特殊なライトを浴びているみたいな存在感を持った美少女だった。

彼女の顔に、往人は大いに見覚えがある。あんなとびきり可愛くて、それでいて人生最大級の大ポカをした相手を覚えられないはずがない。

昨日やらかした、ゆかりの妹――まだ確証まではないけれど、あのやり取りからしてほぼ間違い無い。

突然教室に入ってきた下級生に、残っていたクラスメート達はすぐに気付いてざわめく。往人は口をあんぐりと開けてしまい、その様子に馬亥兎は眉を顰め、

「おいっ、どしたよ？　早く続きを…………ん？」

催促しようと肩へと手を伸ばしたところで、馬亥兎は教室内の空気に気付いたらしい。

それとほぼ同時に、教室に入ってきてからキョロキョロと生徒達の顔を見回していた美少女

と、往人(ゆきひと)の目がかち合った。

そして美少女はにこっと微笑(ほほえ)み、往人(ゆきひと)は彼女が誰を目当てにここへ来たのか確信する。そうであって欲しくなかったけど、もう認めざるを得ない。

軽やかにステップを踏むようにして美少女は往人(ゆきひと)の元へと近付いてきて、その気配に馬亥兎(まいと)もそちらを振り向き、

「…………おおぅ？」

「…………あや？」

学年一のイケメンと下級生の美少女が顔を見合わせ、互いに変な声をあげる。

どちらもかなり驚いた表情で硬直する二人だったが、先に動いたのは美少女の方だった。

大きく開いた手の人差し指を下唇に当てて、往人(ゆきひと)と馬亥兎(まいと)を見比べた彼女は、

「……あやや。センパイと瀧川(たきがわ)先輩はお友達でしたか。それはそれは……」

「……んん？　オレじゃなくて、ゆっきーに用事か？」

「まあ、ハイ。その節はすみませんです」

「ああ、いいっていいって。そんなに気にしてない……ってのも失礼かもしれないけどさ」

二人のやり取りに、何故(なぜ)だか教室にいる全員が注目していた。何となく気にしているレベルじゃなく、箸や口を止めて、お喋(しゃべ)りなんて以(もっ)ての外(ほか)の雰囲気がある。

それにまるでついていけない往人(ゆきひと)は、

「……えっと……瀧川、この子と知り合いなの？」

おずおずと訊ねてみた結果、馬亥兎だけでなくゆかりの妹も同時に振り向き、またしても驚愕の表情をされてしまう。

「は、ぁ⁉　だって、ほら、ゆっきーには話して……え、もしかして知らないのかっ？」

馬亥兎が指差しているのは勿論そこにいる美少女下級生だが、往人としてはどう答えればいいか困ってしまい、素直に告げる。

「ええっと……知っているといえば知っているんだけど、よく考えたら彼女の名前も知らないから……」

「……うーわー……マジかぁ、ゆっきーらしいっちゃらしいけど……マジっすかぁ……」

大袈裟なくらいショックを受けた風の馬亥兎に、往人の困惑は益々深まる。

ひょっとして知らないとおかしいレベルの有名人なのだろうか――と思い付いた瞬間、そういえばつい最近似たような反応をされた覚えがあることに気付く。

何だか点と点が線で繋がりそうな、このピースがぴたりと嵌まるパズルを知っているような感覚があって、往人は手掛かりを求めてゆかりの妹を見ると……

「……あは。やあ、もう、センパイってばびっくり箱みたい……！」

どういう訳か、彼女は笑っていた。心の底から愉快そうな深い笑みで、右頬にえくぼが出来ている。

そして弾けんばかりの笑顔で、彼女は往人の右腕を掴み、

「とりあえず場所を移しましょう。ここだと流石に人目が多過ぎますから。ねっ」

「え、やっ、僕はこれから昼ご飯を──」

「十分で済みますから、さあ行きましょうっ。瀧川先輩、瀬尾センパイをお借りしますね！」

「お、おう……」

微妙にニュアンスを変えた先輩呼びをしながら強引に腕を引っ張り、往人を立たせて教室の外へと連れ出す。

往人は咄嗟に口パクで『タスケテ』と馬亥兎にメッセージを送るが、呆然とした顔で片手を上げて見送られてしまった。

「ちょっ、どこに行くのかだけでもっ⁉」

「すぐそこです、早く済ませないとご飯の時間がなくなりますよっ」

「それ連れ去る人間が言うセリフじゃないよねっ⁉」

早歩きというかほぼ小走りで、往人は年下の美少女に連れられて廊下を、そして階段を進んでいく。

途中、すれ違う生徒達がギョッとした目で見てくるが、そりゃあそうだろう。美男美女が同じことをしていたら少女漫画か青春ドラマのワンシーンみたいだけど、片方は文句なしの美少

女なのにもう片方が役者不足だ。

どういう風に見られているのか気になるが、往人はもっと気になることがたくさんある。

自己紹介をしていないのにさっき名前を呼ばれたのは、ゆかりの妹だから知っているとして。馬亥兎との関係や教室に来た理由、そして何より昨日の告白について、訊きたいことが山盛りだ。

教室から連れ出されて一分くらい経った頃、往人はようやく目的地が分かった。ただし分かったのは、もうすぐそこまで辿り着いていたからだが。

本校舎の屋上へと続く重いドアが、昼休みの間は開けっ放しになっている。ここにはプールや花壇もあって、普段からあまり鍵は掛かってないし出入りも自由だ。

なので昼休みや放課後はそれなりに多くの生徒が来て食事をしたり歓談したりしている。

とはいえ今日は――

「わぷっ……あは、やっぱり今日は誰もいませんねっ。風が強いし、さっき通り雨が降っていたからベンチも濡れているし。うん、ナイス判断です」

自画自賛しながら屋上を進んで行く彼女の後を、往人も引っ張られながら付いていく。確かに、見る限り誰もいない。もう雨は上がっているが、床に敷かれた人工芝はたっぷり水気を含んでいるし、上履きが濡れてしまいそうだった。

それに構わず奥のフェンス近くまで進んだゆかりの妹は、ようやく手を離して往人を解放し、両手を背に回して悪戯っぽく微笑む。

「さあセンパイ、二人きりです。ここでなら秘密の話もハグもキスもし放題ですよっ？」

「話は是非ともだけど他の二つはないよ！　いや本当に、昨日も今日もどういうつもりで……？」

からかわれているのは分かるがつい過敏に反応してしまう往人に、彼女は少しだけ残念そうな表情をして、

「わたしは大体いつも真面目で本気なんですけどねぇ……でもまあ、仕方ないです。順序よくいきましょう。ただし時間はないので手短に」

「そうしてくれると助かるよ……そもそも君は、ええと……」

「じゃあ、まずはそこからいきますか。センパイはわたしのこと、知らないみたいですし」

そう言うと彼女は両手でスカートの端を摘まみ上げ、古い海外映画のお嬢様みたいに頭を下げる。

「改めまして──城之崎詠美、春に高校生になったばかりの一年生です。お察しの通り、センパイと同じ図書委員をしている三年の城之崎ゆかりの妹ですよ」

「……丁寧な挨拶はありがたいんだけど……その、見えそうになってるから」

元々丈が短めのスカートだったので、太腿はかなり露わになってるし、もうちょっとで下着が見えかねない際どさだった。

風も強いし、ドキドキでヒヤヒヤな光景になっていたが、当の本人は余裕たっぷりに口元を綻ばせて、

「センパイにだったらパンツが見えちゃっても平気ですよ。あえて見せるならもっとお気にの穿いて来たんですけど……とりあえず、見てみます？」

「そんなとりあえずはないからっ！　違う、そうじゃなくて、妹さんがどうして――」

「その呼び方は禁止です。わたしのことは名前で呼び捨てか、もしくはエイミーと呼んでくださいね」

「いきなり名前呼びはちょっとハードルが………ん？　エイミーって……」

どこかで聞いた愛称に、往人の頭の中でカチリと何かが嵌まった。

さっきの、教室での彼女の馬亥兎とのやり取りと、周囲の反応。そして止めに、この美少女っぷり。

つまり彼女が噂の――

「……この前、瀧川が告白したっていう下級生……⁉」

「はい、それがこのわたしです。なのでさっきはびっくりしちゃいました。わたしに告白してきた二人が仲良くお喋りしているんですもん」

「そっか、だから…………あっ、でも違うよ⁉　瀧川のことと昨日のあれは全然関係ないからねっ⁉」

考えようによっては妙な誤解を産んでいそうで、往人は慌てて否定する。その反応が逆に怪しくも見えそうだが、自分だけでなく馬亥兎の為にもここだけはクリーンにしておかないとまずい。

往人の心配を余所に、スカートから手を離した詠美はやんわりと微笑み、

「そんなに焦らなくても大丈夫ですよ。センパイ、わたしの名前も知らなかったじゃないですか。あれが演技なら今すぐ役者さんになった方がいいです。世界を狙えますよ」

「演技じゃないから役者は無理だけど……じゃあ芸能人のエイミーっていうのは君のことで間違い無いんだ……？」

「ネクステでバズった有名人、という意味ではわたしのことですね。どちらかというと世間的には海外アーティストのＭＶに出たことで有名になりましたけど、芸能人ではないです。タレント活動はしてませんし」

「う、ん……？　ちょっとよく分からない……芸能人じゃないけどＭＶに……？」

「たまたまネクステに上げていた動画を見て、直接オファーが来たんです。冗談かと思って『日本に来て頂けるなら撮影協力しますよ』と返したら、翌週にはやって来られて。向こうの方はパワフルですよね」

感心するように言う詠美だが、今の話はどっちも凄い。普通なら喜んで飛びつくか、ビビって断るかの二択だ。

「そのMVが少し有名になって、わたしはただの中学生だったので過剰に反応されてしまったんですよ。タイミング悪く水泳で大会に出た時の写真も拡散されて、それが『世界の美少女総選挙』なんてものに勝手にノミネートされて……一位になっちゃったんですよねぇ」

「ええ……それ、訴えたら勝てるやつじゃないの……？」

「でしょうけど、多額の賞金まで渡されちゃいましたから、事後承諾してあげましたよ。おかげで一般人なのに各所から仕事が舞い込んで、モデルやインフルエンサーみたいになりかけてますけど」

「でも芸能人じゃないんだ……？」

「タレント名鑑には載ってませんし、テレビやネットの番組出演は基本断ってますから。わたしはあくまでもちょっと名前が知られた一般人で、自分から『ハーイ、あの有名なエイミーでーす』なんて言ったことないですもん。この学校では城之崎（きのさき）ゆかりの妹、城之崎詠美（きのさきえいみ）です。エイミーは昔からの愛称なので、友達もそう呼びますけどね」

「…………ああ、だから」

ようやく合点（がてん）がいったと声を漏らす往人（ゆきひと）に、詠美（えいみ）は小首を傾（かし）げる。そんな仕草もあざとくて可愛（かわい）い。

昨日の昼休みの会話で、細雪（ささめ）が『エイミーを師匠が知らないのはおかしい』みたいな発言をしていたのが少し引っかかっていたが、今の詠美（えいみ）の言葉で分かった。

細雪は往人が図書委員なのも、その図書委員でよくペアを組む相手がゆかりだということも知っている。恋心までは知られていない……と信じたいが、仲の良い先輩後輩くらいには思っているはずだ。

だからエイミーという有名な存在がゆかりの妹なのに知らないことに、ああも驚き呆れていたんだろう。

なるほど、色々と分かった。やっとスタートラインに立てた気分だ。

……ということで。ようやく例の件に踏み込めると、往人は強風で揺れる髪を押さえている詠美へ、

「あの、昨日の件なんだけどさ。あれはなかっ――」

「残念ながら当方は一度成立した契約についてキャンセルを受け付けておりません」

全部言う前に、あっさりと。しかもにこやかに、素気なく却下された。

だが、ここは往人も簡単には引き下がれない。

「いやおかしいって！　そりゃあ告白したのは僕だけど、あれが相手を間違えていたのは君だって分かるでしょ⁉」

「もう、詠美って呼んでくださいよ。それから、誤解でも間違いでも、わたしが告白されて受け入れたことに変わりないんですし、センパイは間違えたなりの責任を取るべきでしょう？」

「う……そう言われればそうだけど、責任って……？」

「その気にさせたんですから、ちゃんと付き合ってください」

「いやどうしてその気になるのさっ⁉　見ず知らずの相手から間違えて告白されて、おかしいって！」

「恋愛なんてしたら人は大なり小なりおかしくなっちゃうものですよ。少女漫画を百冊以上読み込んでいるわたしが言うんです、間違いありません」

「だから恋愛の段階までいってなかったじゃん⁉　僕が好きなのは君じゃなくて、お姉さんの方で——」

ひらりひらりと手応えなしにかわされてヒートアップする往人だったが、不意に詠美がぐいっと距離を詰めてきた。

可愛い顔が間近にきて思わず言葉を呑み込む往人に、詠美は躊躇いなく両腕を伸ばして首へと回してくる。

「なっ、何を……⁉」

「センパイはとても見る目があります。お姉ちゃんは目つきと愛想が悪いせいか全くモテませんけど、綺麗だし優しいし背も高いしおっぱいも大きいしで、超優良物件です……がっ！」

「ふおぁっ⁉　あ、頭を引き寄せないで貰えないかなぁっ⁉」

優しく枝垂れかかってくるかと思いきや、詠美は両手でガッチリ往人の首の後ろをホールドして、強引に顔と顔を近付けてくる。

意外に力も強くて耐えるのに必死な往人に対し、詠美はあくまでも魅力たっぷりにこやかな笑顔で、

「身長こそお姉ちゃんより低いですけど、このわたしは超超超超お薦めな美少女ですよっ。可愛いですし、中学までは水泳をやっていて体も柔らかくて、とてもかわいいですし、こう見えて意外とおっぱいも大きいし、おまけに猛烈カワイイですしっ」

「な、何回可愛いアピールしてんのさ⁉」

「えー。だって可愛くないです？　ほらほらセンパイもっとよく見てくださいよ〜」

「これ以上どう見ろって……わわっ、体重かけるのは駄目っ、流石に倒れる！」

「あ、それは拙いですね。わたし、今日体育の授業ないからジャージ持ってないんですよ」

そう言うと詠美はあっさりと首から手を放す。急だったので往人は反動で後ろに倒れそうになって、どうにか踏ん張ってその場に留まった。

危なかったと胸に手をやるが、ドキドキしているのはどちらかというと、アップになっていた詠美の破壊力のせいだ。

あれだけ自分で可愛いと言い切るだけあって、本当に一分の隙もなく可愛い。それに容姿だけでなく、仕草も。

少しだけ離れてくれた詠美は、自称『意外と大きい』という胸に右手を当てて、

「そんなわけで、センパイにそのつもりがなくても告白は告白なので、わたしが受けた以上セ

ンパイはわたしの彼氏です。以後よろしくお願いしますねっ」

「そんな無茶な……その、確認だけど、昨日が初対面だよね？」

「そうですよ？　でもほら、一目惚れで好きになるなんてそこまで珍しくもないでしょう？　わたしよく知らない人に告られますよ」

「君と僕を一緒にしちゃ駄目だよ。こっちはどう考えてもぱっと見で惚れられる程の顔じゃないし」

父親のような強面ではない代わりに、往人は誰もが納得の平均顔だ。良くもなく悪くもなく、特徴というか味も薄い。

こんな目の前にいる、すれ違うだけで恋に落ちる人が出てきそうな美少女とは大違いだ。

なので完全に疑惑の目を向ける往人に、詠美は余裕に満ちた表情を見せる。

「まあまあ、センパイが信じるも信じないも自由ですよ。わたしとセンパイがお付き合いする事実に変わりないですから」

「そこっ、そこを一番考え直して欲しいんだけど！　超有名で可愛い君には僕なんかよりずっと相応しい相手がいるはずだしっ」

「残念ながら今のところ存在しませんねぇ。それにお忘れですか？　わたし、瀧川先輩の告白を断っているんですよ？」

「う、く……それは、つまり……？」

「他の相手というのなら、最低でも瀧川先輩より格上の男性でないと」

「そんなの、そう簡単にいるわけ……！」

「でしょうねぇ。瀧川先輩、顔だけでなく性格もイケメンですもん。それを上回るとなると、芸能界でもなかなかいないレベルですよ」

「だったら尚更僕なんか――」

「センパイ、好きは革命ですよ。好きになってしまえばあれもこれもよく見えちゃうんですから」

詠美の言うことも、往人だって少しは分かる。あばたもえくぼってやつだ。短所にも長所にも取れるなら、どう取るかはその人の胸先三寸で決まる。

だが、それ以前に。詠美が自分のことを好きになる要因がなさすぎて、往人は納得しきれなかった。

そして降って湧いた幸運と受け入れるのは、ゆかりへの想いが完全にブロックしている。

そりゃあそうだ、一大決心で告白しようとしたのに、いくら規格外の美少女と付き合えるとしても『じゃあそういうことで』なんて思えない。しかも相手はゆかりの妹だ。

どうにかして彼女を説得したいところだが、詠美はちらりと屋上に設置された時計を見て、

「さてさて、もっと長くお話ししていたいところですけど、ここらが潮時ですね。お昼ご飯を食べる時間がなくなっちゃいます」

「う……なら、告白の件は一旦保留ということで——」

「違いますよ、センパイ。あれはもう終わったことです」

キッパリと言い切った詠美は、軽い足取りで往人の横を通過し、校舎への出入り口の近くで立ち止まって振り返る。

「もうわたしとセンパイは交際している状態です。異議があるとしても、白紙撤回や契約不履行は受け付けません。センパイが嫌なら、わたしに『もう別れたい』と言わせてください」

告げられたのは、これ以上ないくらい明確な条件だった。

つまり往人から別れる意思を伝えても無駄で、そうしたいなら詠美の方から言ってもらうしかない、と。

まるで童話か昔話に出てくる意地悪問題みたいだが……

「……分かった。君の口からそう言えばいいんだね」

少し考えた後、往人はすんなりこの条件に頷いた。

普通なら完全に向こう側へイニシアチブを預けるアンフェアすぎる条件だが、そもそも詠美とは昨日が初対面だ。どういうつもりで誤爆告白を受け入れたのか分からないけど、これだけ可愛くて引く手数多の子が、自分との交際に満足するとは思えない。

もしかしたらこの交際も、姉のゆかりへの告白だったから、面白がってノリで受けたのかもしれないし。そんなに性格の悪い子には感じないが、ナチュラルにやっちゃいそうな小悪魔な雰囲気はある。

だからきっと、早ければ数日……長くても一ヶ月かからずに向こうが別れる気になってくれるんじゃないかと、往人は予想した。身勝手な考えかもだけど、何しろ女の子に好かれた経験なんてないし、こっちが相手の好感度を上げようとしなければいける気がする。

「合意が得られて良かったです。もっとごねられちゃうかと思いました」

「本音でいうと全然納得はしてないよ。でも、そもそも告白の相手を間違えたのは僕だから。ある程度は譲歩しないと、君に悪いし」

「センパイは優しいですねぇ。ああそうだ、もう一つ。これはさっきも言いましたけど……」

顔だけ往人の方へ向けていた詠美が、体ごと向き直る。

そして強風に髪とスカートを棚引かせて、

「次からはちゃんと名前か愛称で呼んでくださいね。センパイの彼女なんですからっ」

とびきりの笑顔でそう言うと、くるりと華麗にターンをして、ひらひらとスカートを舞わせながら軽やかに校舎内へと消えていった。

記憶に焼き付く鮮烈な光景に、往人は深々とため息を吐いて、

「…………最後のあれは、見えちゃったのか、わざと見せたのか……」

どちらにせよ、思春期男子には十分すぎる刺激だった。流石に動けなくなる程ではないけれど、次に会った時は確実に思い出してダメージになりそうな予感はある。

——というか、

「…………僕、あの子と付き合うのかぁ…………ええ……？」

思わずその場にしゃがみ込んで、リアルに頭を抱える。

相手はとんでもなく可愛い美少女で、どうやら結構な有名人で、ちょっと話しただけだけど人当たりも良く素敵な子だった。誰もが羨むだろうし、本来ならば何の不満もない状況だ。

——けど、彼女は往人の好きな相手じゃない。

それどころか、好きな人の妹だ。

「…………これは、もう…………城之崎先輩と付き合うのは、絶望的なのかなぁ……」

今から告白は二股になってしまうし、詠美と円満に別れた後だとしても、妹と付き合っていた男に告白されてオッケーするなんてこと、普通はない。ある程度時間を置いてからなら分からないが、少なくとも直後はない。

とはいえ、往人にはあまり時間がない。もしも告白成功したとして、すぐに転校&引っ越しで離れ離れになったら自然消滅待ったなしだ。

そう考えると、ゆかりへの告白は……

「…………うー…………だからって、あの子と付き合うのも違うしなぁ……」

あっちが駄目そうだから、じゃあこっち——とすんなり切り替えられる程、往人は柔軟に自分の気持ちをコントロール出来ない。

どうしたもんだろうと悩みながら往人は立ち上がり、のろのろと屋上を後にする。

色々と考えながらたっぷり時間をかけて戻った教室には馬亥兎の姿はなく、他の生徒達からは注目こそ集まるものの、話しかけてくる勇者はいなかった。普段ならそれなりに話す仲のクラスメートも、この牽制しあうような空気では動けないみたいで、視線だけが痛いくらいに突き刺さる。

針のむしろってこういうことをいうんだろうかと思いながら、往人はようやく昼食の特製おにぎりを食べ始めたものの。気まずさと事態の重さに全く食欲が湧かず、三つあるおにぎりの一つを食べただけで終了となってしまった。

◆

◇

放課後が訪れるのがここまで重苦しく感じたことが、今まであっただろうか？

自問自答してみたものの、往人は記憶になかった。授業中もチラチラ見られるし、休み時間は耐えきれなくてトイレの個室に籠もったし、馬亥兎の顔は見れないしで、とてもじゃないが平常心なんて保てなかった。

そうしてようやく帰りのＳＨＲが終わり重圧から解放されるというタイミングで、往人は再びクラス中から視線を浴びてうっとなる。

すんなり帰れる雰囲気じゃ、ない。とはいえ、積極的に動く生徒もいない。馬亥兎に至っては六時間目の授業からずっと居眠りしていて夢の中だ。

普通ならこの気まずすぎる空気に怯んでいるうちに、好奇心に負けた勇者に突撃されて雪崩れ込むように質問責めにあうところだろうが、そういう意味では往人は普通じゃない。空気を読まないのは大得意だ。

囲まれてしまうと面倒なので、往人はちらりと馬亥兎に視線をやり、まだ寝ているのを確認してから帰り支度を済ませた鞄を手に取る。流石に馬亥兎には話をすべきだろうが、それは帰ってから夜にでもスマホでやればいい。

まずはこの場を抜け出して――と、考え実行しようとした矢先。

教室を出て行く担任と入れ違いで、一人の女生徒が入ってきた。

「……おい、あれ……！」

「え……確か、あの子の……」

「うわ……今度は姉の方かよ……！」

一気にざわつく教室内を見回しているのは、間違えようもなく城之崎ゆかりだ。いつもながら凛々しさと野暮ったさを同居させた想い人を、往人が一目で分からないはずがない。……まあ、見えずに誤爆はしたが。

わざわざゆかりがこの教室に来た理由なんて一つしかなく、往人は急いで鞄を手に彼女の元へと走り寄る。

「き、城之崎先輩。ご足労かけますっ」

「私が勝手に来ただけよ、畏まらなくていいわ。瀬尾君、出られる？」

「はいっ、いつでも！」

「では、場所を移しましょう。そう長くはならないから、顔を貸して」

「……は、はい……」

　眼鏡越しにゆかりの澄んだ目で見られると、悪いことなんて一つもしていないのに緊張する。好きな相手だからというドキドキとはまた別物だ。

　静かで落ち着いた雰囲気を纏っているのに、それ以上に近付き難いというか、大人びた彼女に色々と見透かされる気分になる。縁の太い眼鏡で隠れがちだが、右目の上に切り傷のような傷痕があるのも、どことなく距離を取りたくなる一因かもしれない。往人も図書委員になってからしばらくの間は、おっかなびっくり接していた。

　長身で美人、しかも愛想は悪いので誤解されがちだが、ゆかりは基本優しいし、年下にも気を遣ってくれる。怖いことなんて何もない。

　……はずが、今日はいつも以上にというか、怒った顔はしていないのにピリピリしている感じがする。恐らくこれは勘違いじゃない。一年以上、図書委員として同じ時間を過ごした往人だから分かることだ。

なので「付いて来て」と言うゆかりに、往人はキビキビと後ろを歩き同行する。背が高いとはいえ急いだ様子もないのに、ゆかりの歩みは速い。放課後になったばかりなので通路に生徒が多くいるが、上級生パワーかシンプルな威圧感か、一目見るやいなや自然と道を空けてくれる。

そうしてスピーディーに昇降口経由で連れて行かれたのは、廃材や壊れた備品や謎のでかいタイヤなどがある校舎裏だった。

「ここなら人目はないし、誰か来たら分かるわ。安心して話せるから」

ゆかりは木に立て掛けられたボロボロのエアマットを背にすると、鋭い眼差しを往人に向けてくる。何というか、容疑者に対するそれだ。

好きな相手にこんな風に見られることに気落ちしつつ、往人は小さく頷いて、

「城之崎先輩が妹さんとどんな話をしたのか知らないので、ひとまず先輩の方から僕に訊いて、それに答える形でいいですか？」

「いいわ、そうしましょう。ではまず、事実確認から……」

そう前置いて、ゆかりは眼鏡にかかる髪を指先で横へ払い、

「――瀬尾君が詠美に告白して、付き合うことになったと聞いたけれど？」

真っ直ぐな視線と同じくストレートな質問がきて、往人は用意しておいた言葉を呑み込んでしまう。静かな迫力に圧され、反射で謝ってしまいそうだった。

ある意味じゃ昨日の告白の時より緊張する中、往人は『落ち着け』と自分に言い聞かせ、改めてゆかりに答える。

「あの、概ねその通りといえばそうなんですが……そもそも間違いがあって」

「間違い、とは？」

「ちょっと信じられないかもしれないんですけど……その、僕が告白する相手を間違えちゃって」

普通なら有り得ないことを聞かされて、ゆかりは眉間に皺を寄せる。

往人も自分で言っておきながら、なんて嘘っぽい話なんだと思う。しかも重大な問題も派生するし。

そう、『相手を間違えた』というのなら『じゃあ誰と間違えたんだ？』って話になる。そこを指摘されたら、もう色々諦めて正直に言うしかない。

こんな状況で『城之崎先輩が好きです』なんて言っても、戸惑わせるだけで確実にごめんなさいされるだろうが、誤魔化すのは無理だ。他のタイミングならまだしも、昨日の図書室で告白なんて、一緒に作業する予定だったゆかりの他はまずいないし。

こんな形で告白失敗するのは嫌だったなぁ……と往人は諦めムードでいたが、ゆかりは難しい表情で眼鏡のブリッジを押し上げ、

「……それは、詠美も把握しているの？」

「えと、はい。昼休みに妹さんと話が出来たんですけど、ちゃんと分かってました」

「……つまり、あの子は相手を間違えられているのに、付き合うことにしたんですか……」

有り得ない、と言わんばかりにうなだれて大きく首を横に振る。

どうやらゆかりにとっては告白相手より結果の方が大事らしく、突っ込んで訊ねてはこなかった。

そのことに往人はホッとする反面、自分にあんまり興味がないのかとガッカリもする。

校舎裏で二人して沈んでいると、不意にゆかりが顔を上げて、

「……それで、瀬尾君。昼休みに話したと言っていたけれど、詠美と付き合うの？」

「う…………なんというか、相手を間違えたこっちの責任を問われてしまって……」

「つまり？」

「ひとまず付き合う流れに……妹さんの気が済んで別れると言うまでは」

「…………そう」

重く呟いたゆかりは、睨みつけるようにして往人を見る。好きな人にこんな目で見られるなんて最悪だが、何の言い訳も出来ない。

踏んだり蹴ったりな状況に泣きたくなる往人に、ゆかりが冷たい眼差しのまま近付いてきて、

「一応、確認しておくけれど。瀬尾君は本当に詠美じゃなくて、他の人に告白するつもりだっ

たのね？　最初からあの子狙いだったんじゃなくて」

「やっ、まさかそんな！　だって昨日が初対面ですよっ⁉」

よもやの疑惑を持たれ慌てて否定するが、間近に迫ったゆかりの顔からは疑念の色が晴れていない。

「会うのは初めてでも、その前から好意を持っていて降って湧いた機会に……ということもあるでしょう？」

「それこそないです。僕、恥ずかしながらあの子のこと、本当に何も知らなくて……」

「……う、ん？　詠美がエイミーだと知らなかったの？」

「それもですし、先輩の妹だっていうのも知らなかったですし、そもそもエイミーの存在自体知ったのが二日前のことで」

「…………まあ、私も色々と疎いから人のことは言えないけれど。瀬尾君は我が道を行くタイプ過ぎるわよ」

呆れた声と、やや険しさの取れた表情。どうやらゆかりは信じてくれたみたいだった。

嬉しさと安堵で往人は胸を撫で下ろし——かけたところに、ゆかりが真顔でさらに近付いてきた。

「わっ……⁉」

思わず怯んで後ずさりした往人は、校舎の外壁に背中をぶつける。

そこに、ゆかりが壁ドンの要領で手をついて、逃げ道を塞いできた。

「き、城之崎先輩……？」

「——あの子にも原因があるとはいえ、瀬尾君にも問題があります。ありすぎるわ」

「それは、はい……僕もそう思いま、」

「妹は確かに可愛いわ。とてもとても可愛いし、笑顔は素敵だし、真面目な顔をしていれば綺麗系にも見えるし、性格だって小憎たらしいところも愛嬌と思えるくらいに——」

「せ、先輩……？」

「今大事な話をしているの。いい？　詠美の可愛さは誰もが認めるところで一目で好きになるのも仕方のないことだとは思うけれど、他の人に告白しようとしていたのにコロッと付き合うのはどうなの？　あなたはそんなに軽薄な男の子じゃないはずでしょう？　それはもうあんなに豪華な据え膳なんて手を出さない方がおかしい……まさかもう手を出したなんてことはっ」

「ないです！　まだこっちからは手も触れてないですし！」

「『まだ』？　それに、『こっちからは』？　裏を返せば詠美からはもう触れてきていて、今後は瀬尾君の方からも積極的にいくつもりだと？」

「前者はその通りですけど、後者に関しては全然そんなことないですっ！　だから先輩落ち着いて、近い、近過ぎですから……！」

好きな人の顔が息の届く距離まで迫り、しかしその目は猛禽か拷問官かって印象のもので、ドキドキはするけど嬉(うれ)しさより戸惑いと恐怖が強い。

物理的にも精神的にも追い詰められた往人(ゆきひと)は、どうしてこんなことにと天を仰ぎ、

「…………ぁ」

ひょこっ、と顔を出したそれと、目が合った。

「余所見(よそみ)しない、こっちを見て。いい？ 瀬尾(せお)君のことは私なりに評価しているつもりだけれど、つい最近まで中学生だった子に迫るのも迫られるのも如何(いかが)なものかと思うわ。若さ故の過(あやま)ちで人生を棒に振るなんて良くないわよ」

「ちなみに迫るって、具体的にはどんな行為を？」

「そんなの決まってるでしょう。キスとか、セッ…………？」

生活指導の先生かお堅い保健教諭みたいなことを言い掛けていたゆかりも、違和感に気付いて口を閉ざす。

今の質問は往人(ゆきひと)がしたものじゃない。どこからか聞こえてきた第三者のものだ。

ゆかりはすぐに左右を見るも、そこには誰もいない。怪訝(けげん)に眉を顰(ひそ)め……バッと勢いよく上を向いた。

それは正解で、頭上にある三階の窓から一人の少女が顔を出していた。

「もうちょっとでお姉ちゃんの口からヤラシー言葉が聞けそうだったのに、残念です。余計なことは言わずに泳がせておくべきでしたかねー……」

「……あなた、どうしてここを……」

「センパイの教室に迎えに行ったら、お姉ちゃんと一緒にどこか行ったって聞いたので。三ヶ所くらい思い当たったから、とりあえず片っ端から見てみることにしたんです」

嬉しそうに語る詠美だが、たぶんあそこは女子トイレだ。もし目撃者がいたら、とんでもなく怪しい光景に映るだろう。

そんなこと全く気にしてなさそうな詠美は小さく手を振って、

「とりあえずそっちに行くので、待っていてください。お姉ちゃん、センパイを襲ったら駄目ですよ！」

わざとらしく怒った表情をしてから顔を引っ込め、窓も閉められた。

宣言通りここへ来るつもりだろうが、予期せぬ妹の介入にゆかりは大きく息を吐く。

「……襲わないわよ、全く……」

「……えっと……城之崎先輩、その……」

「え……ああ、ごめんなさい。少し熱くなってしまったわ」

謝罪を口にしたゆかりは往人から離れ、浮かない顔で詠美が来るだろう右側を見る。

解放された往人もそっちを見るが、やはりというか気になるのはゆかりの方だった。

「あの、先輩。もしかしてなんですけど……先輩って、シスコンなんですか？」

失礼かなと思いつつも、ここまでの言動から訊かずにはいられずに質問すると、ゆかりはち

らりと往人を見て、

「違うわ。姉が妹を好きなのも心配するのも当たり前のことでしょう?」

「当たり前……いやまあ、確かにそうですけど……ちょっと過剰なような……」

「あの子、可愛いでしょう?　昔からずっとそうなの。だから変質者に狙われたり男の子が気を惹きたくてちょっかいをだしたり、大変だったのよ。私は小さい頃から守ってあげていたから、少し過保護気味なのは認めるわ」

「なるほど……なるほど……?」

納得しかけた往人だったが、やっぱり行き過ぎてるんじゃという思いが拭いきれず、首を傾げる。

姉妹仲がいいのは分かったが、果たしてそれはこの状況においてプラスになるのかどうか。誤解が原因で付き合うことになったと分かって貰えたはずだけど、やはり妹と別れてから姉と付き合うのは難しいと改めて思わせてくれる。

ただでさえ勝算なんてないに等しかったのに、もうほぼほぼアウトだろう。

……だからといって、じゃあ諦めて詠美と付き合おうとは思えないのが恋心の難しいところだ。

あんなに可愛い美少女と恋人同士になれるのに嬉しさはほぼゼロで、厄介なことになったという苦悩しかない。世の男達にたこ殴りにされても仕方ない贅沢な悩みだ。

「……城之崎先輩は、僕と妹さんが付き合うの、反対ですよね？」

「私が、ですか？　どうして？」

「や、そんな感じだったじゃないですか。やっぱり、可愛い妹が僕なんかと付き合うのは認めたくないんじゃ……」

「そんなことないわ。ただ、プロセスや互いのことを殆ど知らないで付き合うというのが、どうかしていると思うだけよ。もっと普通に、好意が募って付き合うというのなら、何も言わなかったわ」

至極尤もな意見で、ぐうの音も出ない……はずなのだが。

やはりというか、澄ましたゆかりからどこか嫉妬にも似た反発を感じて、往人は気まずさに押し潰されそうになりながら苦笑いする。

それを見たゆかりが不機嫌そうに口元を歪め、

「呑気に笑っている場合なの？　瀬尾君、あなたそもそも他の人に告白しようとしていたのでしょう？　なのに詠美と付き合うって、それでいいの？　可愛いあの子と付き合えるなら棚ぼたでラッキーだと思ってる訳？」

「やっ、そんなことは全然！　僕は妹さんと付き合いたいなんて思ってもないですし――」

「どうしてよ!?　あんなに可愛い詠美の何が不満なのっ？」

またゆかりに詰め寄られて、えらい剣幕で怒られる。往人は『やっぱりシスコンじゃないですか』という言葉を呑み込み、途方に暮れた。

……と、そこに、

「もう、お姉ちゃんっ。襲わないように釘を差したのに。妹の彼氏を誘惑なんて、そういうの良くないと思います」

いつの間にやら向こうから歩いてきた詠美が、いきなり変な怒り方をしてくる。

これにゆかりはむっとした表情になり、

「妙な言いがかりはしないの。そんなことより、詠美。あなた、瀬尾君の優しさにつけ込んで無理を言ってるんじゃない？」

「無理なんて言いませんよ。ねっ、センパイ？」

同意を求めながら詠美が腕に抱きついてきて、往人は顔が熱く――なる前に、ゆかりの刺すような視線に冷やされて、どうにか舞い上がらずに済んだ。

とはいえ、左腕にぐぐっと押し付けられた柔らかな感触は破壊力抜群で、その上しっかりと腕を抱えられているので簡単には振り解けない。

横から幸せを、正面から恐怖を与えられながら、往人はなんとか頭を働かせて、

「僕は、その……責任は取らなきゃな、と思っていて」

「うんうん、センパイはとてもいいことを言いました！　ほら、お姉ちゃん。聞いての通り、センパイとわたしは両想いではなくとも相互承諾済みの交際関係にあるんです。むしろお姉ち

ゃんこそ、センパイに変なプレッシャーをかけているんじゃないですか？」

「失礼ね、そんなことしてないわ。私は先達として、姉としての範疇で事実確認とアドバイスをするに留めているわよ」

淡々と言い切るゆかりに、往人はもう少しで『え、あれが？』と突っ込むところだった。本人は本気で思ってそうな顔なので、意識の違いというものは恐ろしい。

そして抱きついたまま離れない詠美は、姉に向かって小さく舌を出して、

「そういうの、ありがた迷惑っていうんですよ。ほらセンパイ、お節介な年増は放っておいて行きましょう？」

「………年増……？」

ぞっとするような呟きが聞こえてきたが、往人がフォローするよりも詠美が腕を引く方が早かった。

「さっ、下校デートですよ！　昨日は一緒に帰れなかった分、今日は寄り道もしちゃいましょうか」

「ちょっ、待ってまだ先輩に……！」

「また今度にしてください。それにお姉ちゃん、今日は予備校に行く日ですから」

細身の割に強い力で引っ張られて、往人は後ろを気にしながらもついて行くしかない。俯き加減で立ち尽くすゆかりに負のオーラが集まっていくように感じるのは、果たして気のせいな

のか。

詠美による半強制連行を止めてまで確認に行く勇気が持てず、往人は心の中で『城之崎先輩、すみません……！』と謝りながら校舎裏を後にした。

放課後になってまだそう経っていないせいか、学校の中も外も、それなりに多くの生徒がいた。

運動部はそろそろ始動、我先にと帰宅する第一陣が過ぎたばかりというタイミングで、学校の敷地を出る前から今までの間、常に十数人の生徒が前後にいる。

……その人数が減るどころか増えていくのは、たぶん往人の気のせいじゃない。決して速くない歩みなのに、前を行く生徒達は離れるどころかちらちらと振り向いてくるし、後ろの生徒達もペースが遅い。追い抜かれたと思ったら、そこから速度を落とす始末だ。

どう考えても、詠美という引力にやられている。

校舎裏から出る時に『お願いだから離れて』と頼んだのは大正解だったと、往人は胸を撫で下ろす。『絶対に逃げないなら』、という条件で許されたものの、ふとした瞬間に腕や肩が触れるくらいピッタリ横につかれているので、誰が見ても偶々隣を歩いているだけの関係じゃないのは明白だろう。

噂になったら嫌だなぁ……と思いはするものの、今更感もある。昼休みに教室まで詠美が来て、手を引かれて廊下を行く姿を何人もの生徒に見られている。しかも放課後には姉であるゆかりが来て、さらに再び詠美も来たというんだから、噂にならない方がおかしい。

相手が馬亥兎みたいな人気者じゃなくて、顔を見ただけじゃ名前が出て来ないレベルの一生徒だから、大して騒ぎにはならないだろうが、

「……ねぇ、妹さ──」

「センパイ、その呼び方は駄目だって言ったはずですよ。ちゃんと名前で呼んでください」

「や、そうはいっても、いきなり名前は……それに君だって僕のこと、『センパイ』って」

「わたしの『センパイ』呼びは愛情たっぷりですから。でも、『妹さん』はあくまでもお姉ちゃんが主ですよね？　だから駄目です、認められませんっ」

腕をクロスさせて異議の却下をする詠美に、往人はぐうの音も出ない。討論は得意な方だが、詠美の話はちゃんと説得力がある。これがディベートなら無理筋でも言いくるめる気になるが、普通にダメ出しされているので言い訳するのは違う。

自分の不利を認め、往人は少し迷ってから、

「……詠美ちゃんは、有名人なんだよね？　特定の異性と仲良くするのは駄目なんじゃないの？」

「もう、呼び捨ててくれて構わないのに……まあいいでしょう、一歩前進です。今後の展開に期待しますか」

ポジティブ発言をした詠美はにこりと微笑み、

「前に話した通り、わたしは有名ではあっても一般人ですから。事務所との契約もないですし、いくつか頂いている仕事の契約条項にも異性との付き合いに関してはノータッチです。あ、でも、不貞行為は契約解除からの違約金発生の可能性ありって書いてありましたね」

「そういうのって契約に含まれてるんだ……」

「印象商売ですからねー。商品や会社のイメージの低下に繋がりますし、ＣＭの撮り直しもしなきゃならなくなりますし」

「……どこをどう聞いても普通の女子高生のする話じゃないなぁ」

「それはもう、仮にも少し前まで『世界一可愛い女子中学生』で通ってましたから。正直恥ずかしさしかないですけど、頂いた称号はフル活用しなきゃですよ」

逞しいというか強かというか、それでいて笑顔からは計算高さより自然な無邪気さが伝わってくる。

姉妹とはいえ、ゆかりとは随分と違う。似た部分もあるが、どちらかというと似てない姉妹だ。

もしも姉とダブってしまったらうっかり好きになる可能性も少なくなかったが、このくらいなら大丈夫そうだと往人は内心でホッとする。

初志貫徹が大事とは言わないが、告白を決意するレベルで好きになったんだから、ブレるのは違う気がした。

……となると、やはり早急に別れる算段をつけなくてはならないが……

「さてセンパイ、どこに行きましょうか？　カフェでもスイーツでもゲーセンでもカラオケでもいいですよ。どんとこいです。あっ、ホテルはちょっと早いのでまた後日に」

「早いのちょっとじゃないし後日も行かないから。それより、僕は用事あるから付き合えないよ」

「えぇー？　どうしてですか、センパイは図書委員だけで部活もバイトもしてないって聞きましたよ？　今日に限って用事なんてあるんですかっ？」

どこでリサーチしたのか、やけに詳しい詠美は不満と疑惑の目で往人を見る。

だが、別に嘘は吐いていないし、偶然今日だけ忙しいという訳でもなかった。

「うちの家、洋菓子屋なんだよ。カフェみたいなのもやってるんだけど、委員の仕事がない日は大体そこで働いてるんだ。人手不足というか、赤字続きだから」

恥を晒すようではあるが、ちゃんと説明しないとただの言い訳に聞こえそうなので、身を切る思いで伝える。もしかしたら閉店からの転校コンボまで言えば別れを承諾してくれるかもしれないが、そこはまだ往人自身も消化し切れてないので話しづらい。

ともあれ、遊び歩く余裕がないのは本当だ。家と財布の、二重の意味で。

「だから悪いけど、今日だけでなくほぼ毎日暇はないんだ。仕事終わるの夜の九時頃になるし」

「えー……センパイ、休みは？」

「ない、というか、水曜が定休日だから図書委員の仕事をそこにあててる。ここ半年くらい、誰とも遊びに行けてないよ」

以前はそこまで毎日店に立っていた訳じゃないが、昨年末にイートインスペースが出来てからはこれが続いていた。何しろ父親が接客に向いてないし、バイトもすぐ辞められてしまうので仕方ない。

昨日みたいに時々他の日にも図書委員の仕事をすることがあるので、そういう時は接客の不得手な父親がワンオペで乗り切らないといけない地獄の時間になってしまう。

どちらかというとわざわざ足を運んでくれたお客さんに申し訳ないので、往人は用事がある日もなるべく早く帰るようにしていた。

「なるほどなるほど。おうちの手伝い、ですか」

「そうだよ。閑古鳥が鳴いている店だけど、だからこそ身内が頑張らなきゃいけなくてね」

これが格好を付けているのならいいけど、リアルに死活問題だから困る。

とはいえこの場では下校デートを断るこれ以上はない理由で、詠美も「事情は分かりました」と頷く。

……ただ、往人が気になるのは。

詠美がちっとも残念がってなくて、それどころか目を輝かせていることだった。

「それじゃ、センパイ。案内してください」

「……え？　案内って、どこへ？」

「もう、決まってるじゃないですか。そのセンパイが手伝うっていうお店にですよ」

「え、えっ？　付いて来るのっ⁉」

駅まで行ったところでお別れになるはずが、詠美にそんなつもりは全然ないらしく、とてもいい笑顔で頷いた。

「こんな形でセンパイのご両親に挨拶することになるとは思いませんでしたけど、こういうのはタイミングですしね。少し緊張しますが、わくわくもします！」

「いやそんな前向きかつ大事に捉えないでくれないかなっ⁉　それに、僕は一応仕事で……」

「はい、なのでわたしはお客さんです。何の問題もありませんよね？」

「……………問題はないけど……………ぇぇ……？」

これが繁盛店なら『邪魔だから来るな』とも言えるが、さっき往人の口から客はいないと明言したばかりだ。

断る口実なんてどこにもなくて、ルンルン気分で軽やかに「早く行きましょうよっ」と急かす詠美を止めることなど、往人には出来るはずもなかった。

学校の最寄り駅から電車で五駅。改札を出て、人の流れに逆らうように商店街のある南口から十分ばかり歩いたところに、洋菓子喫茶『グラスアワー』はある。

商店街からも住宅街からも近いものの、隣には寂れたクリーニング屋と不動産屋があるだけで、人通りはあまりない。店の横には一台分の駐車スペースがあるものの、今は空っぽだった。というか、ほぼ業者が一時駐車に使うだけで、客は殆ど使っていない。

そして肝心の店構えは、シンプルかつ質素。『あ、ケーキが売っているんだ』と一発で分かるバースデーケーキの予約案内が貼られている他は、大して飾り気も宣伝もなく、外からも中の様子が窺える、普通の洋菓子屋だ。

イートイン出来るカフェスペースは後から改築して作ったので、その時に壁面ガラスに『店内で飲食も出来ます』と目立たない程度に描かれている。

「ここがセンパイの……もしかして、お家を改装してお店にしているんですか？」

「そうだよ。前は一階の半分は居住スペースだったんだけど、今はそこをカフェスペースにして、僕と父さんは二階で暮らしてる感じで」

「つまりお宅訪問にもなる訳ですか……！」

往人からすれば毎日暮らしている家でもあるので見ていて特に何とも思わないが、隣にいる詠美はさっきからテンションが上がりまくっていた。

ここに来る間も『ご両親に手土産を用意しなくちゃですかねっ？』と高校生とは思えない発

言をしてきて、往人はそれを止めさせる為に父親はそういうことを気にするタイプじゃないことや、母親は小さい頃に他界していて父子家庭なのを話して落ち着かせようと努めたが、いざ店を前にしたらこの有様だ。

そんなにはしゃぐような店じゃないので、往人は外から店内を見て目を輝かせている詠美に、

「ほら、入ろう。僕は一度引っ込むけど、その前に父さんに紹介するから」

「センパイ、ちゃんと言えます？『この可愛い子が彼女です』って」

「いや違……………違わないいんだけど……………まあ、入ろうか……」

何を言っても藪蛇な気がして早々に諦め、往人は先にドアを開けて中へと誘う。

カララン、とドアベルが乾いた良い音を立て、「お邪魔しまーす」と詠美が律儀に言いながら入ってくる。

そこからの詠美は素早かった。誰もいない店内でショーケースに並ぶケーキやゼリーをうっとりと眺め、

「わぁ……どれも美味しそう……！　センパイ、どれがお薦めですっ⁉」

「身贔屓になるけど、外れはないから好みでいいんじゃないかな。個人的には上段のケーキのどれかだと嬉しい」

「ふむふむ。その理由は？」

「生クリームは日持ちしなくて、売れ残りは廃棄になるから」

「おお、なかなかシビアな理由ですね……！」

「その前提で、上段のケーキセットでいいなら奢ってあげるよ」

どれでもいいと言えない辺り我ながらセコいなと思う往人だったが、詠美の感想は違ったようで、屈んでいた状態から勢いよく立ち上がり、驚いた顔でまじまじと見つめてきた。

「え、でも、いいんですかっ？　センパイ、全然乗り気じゃなかったのに」

「まあ、うん、そこはね。でも折角来てくれたんだから、それくらいはするよ。どれがいい？」

「とっっっても嬉しいです！　じゃあじゃあ、ショートケーキとガトーショコラをお願いしますっ」

「さらっと二つ頼んできた……⁉」

抱きつかんばかりの勢いで手を握られたが、往人は別の意味で動揺する。

しかし笑顔満面の詠美は握った手をブンブン振って、

「一つはちゃんとお金を出して買わせて頂きます！　本当はカロリーと糖分が気になるので抑えておくつもりでしたけど、センパイの心尽くしの前で節制なんてしてられません！　帰ってから長風呂とストレッチで消費すればいいんですからっ」

どうやら火をつけてしまったらしいが、往人にはどこにどう点火したのか分からない。そもそもケーキの一つ二つで体重の心配をしなくちゃならないような体型に見えないので、尚更だ。

でもまあ買ってくれるというなら甘えようかなと考えていると、キッチンスペースの方から、コックスタイルの男がのそりと顔を出す。

勿論（もちろん）それは父親の延彦（のぶひこ）で、普段から客が入ってきても顔を見てすぐ逃げられないよう、しばらく様子見をするのが習慣になっていた。

「……おお、往人（ゆきひと）か。そちらのお嬢さんは……？」

いつもながらの強面（こわもて）かつ渋い声で、子供なら一発で泣きかねない。

だが詠美（えいみ）は全く怖（お）じ気（け）づくことなく、

「あっ、どうも初めましてです。わたし、センパイとお付き合いさせて頂いている、城之崎詠美（きのさきえいみ）と言いますっ」

往人（ゆきひと）が口を挟む間もなく、しかも握った手を見せつけるように、挨拶をした。

これには親子揃（そろ）って唖然（あぜん）とするが、経験の差か父の立場か、先に延彦（のぶひこ）が我に返る。

そして息子と自称彼女を何度も見比べて、

「そ、そうか……いや、そうですか。ご丁寧にどうも、往人（ゆきひと）の父の延彦（のぶひこ）です」

「今日はセンパイの働く姿を見に来ましたが、お父さんのケーキも凄（すご）く楽しみです。どれも美味（おい）しそうですよねっ」

「ああ、まあ、そう言って貰（もら）えると光栄です。さして人気はない店ですが、味は保証しますよ」

何故か敬語で挨拶する父親が、ど緊張しているのが息子には分かる。あんな百戦錬磨の社交性カンストレベルな対応をされたら仕方ないかもしれないが、一応客商売をやってる大人なのに。

情けないというよりは恥ずかしくて、往人は詠美に捕獲されていた手を抜き去ってから、

「……とりあえず、僕はこの子を案内して着替えてくるから。夜の仕込み、頑張って」

これ以上余計なやり取りをさせないよう、延彦に目で『頼むから引っ込んでて』と訴えてから、往人は詠美の背中を押してカフェスペースの方へと強制連行する。

父親が物凄く何か言いたげに口をもごもごさせていたが、そこは完全無視。仕込みがあるのは本当で、商店街にある個人経営のダイニングバーと契約していてそこに商品を卸すので、いつもこの時間はキッチンでそれなりに忙しくしている。

だから露骨に後ろ髪を引かれながらもキッチンスペースに戻っていく父親を横目に、往人はカフェスペースに詠美を連れて行った。

「へぇ～……なるほど、こうなっているんですか」

レジ横を抜けた先のカフェスペースに入ると、詠美が店内を見回して、

「……誰もいませんね！」

「……まあ、そうだね」

午後四時過ぎという時間帯もあるが、いても一組か二組なので、誤差の範囲内だ。

カフェスペースは二人席が四つ、四人席が二つ、そしてカウンター席に五人座れるようになっている。満席になったのを見た記憶は往人にはないし、たぶん延彦もないはずだ。

普段なら往人は裏の自宅用玄関から帰宅して、着替えを済ませて居住スペース側から店に入るので、『今日はお客さんいるのかな……？』と不安に思いながらこっちに来る。そして半々くらいで今と同じ光景が広がっている。

「それじゃ、好きなところに座ってて。すぐに着替えてくるから、メニュー見てセットの飲み物決めておいてね」

「はぁい、分かりました」

返事をしながらも店の中をしげしげと見ている詠美を不思議に思いつつ、往人は奥にあるトイレの隣にある『スタッフオンリー』と札を掛けたドアから中に入り、事務仕事や従業員が着替えをするロッカーの置かれた小さな部屋を通り抜け、もう一つドアを開けて居住スペースに入った。

とはいえ、瀬尾家の一階は改装の結果、使っているのは風呂とトイレくらいで、後は全部二階で済ましている。食事は二階に簡易キッチンを作りダイニングも兼ねているので、一階は用がある時と外出の時に使う感じになっていた。

「さてと、待たせちゃ悪いな」

机の上に鞄を置いて、さっさと制服を脱ぎハンガーに掛ける。肌着も脱いで半裸になると、クローゼットから仕事用のカッターシャツを取り出して、吊しておいたスラックスも取って、それに着替えた。最後に薄手のベストを着て、とりあえずはこれで完了。個人経営の店なのでこんなもんだ。

一応、女性従業員用の制服セットもあるにはあるけど、別に店のロゴ入りじゃないし既製品なので、そこまで特色もない。

往人は脱いだ服を持って一階に降り、脱衣場の洗濯機に放り込む。流れで鏡に映る自分の身嗜みを確認し、さっき入ってきたばかりのドアから店内スペースに戻り、靴箱からローファーを出してそちらを履いて、脱いだままにしていた通学用のスニーカーを代わりにしまった。

五分とかからずカフェスペースに戻った往人は、カウンター席に座る詠美を確認し、

「お待たせ。飲み物、決まった？」

「はい。ところでセンパイ、その格好似合ってますね」

「どうだろ。もう少し手足が長ければいい感じだろうけど」

「いえいえ、十分にカフェの店員さんとして魅力的ですよ。あっ、カフェオレの冷たいのでお願いします」

「了解。ちょっと待ってて」

カウンター内に入った往人は、もうすっかり慣れた器具を使ってコーヒーを淹れつつ、表のショーケースからショートケーキとガトーショコラを取り出して、それぞれ皿に載せてカウン

ターで待つ詠美の元へと運んだ。

「はい、お待たせ。カフェオレもすぐ出すから」

「はぁい、待ってます。本当に美味しそうだなー……断面も綺麗だし、イチゴも大きいし……」

詠美の目がショートケーキに釘付けになっている間に、往人は再びカウンターに入って、氷で満たしたグラスに牛乳をたっぷり注ぎ、そこに淹れたばかりのコーヒーを投入。

マドラーで軽く混ぜてから、ガムシロップと一緒に詠美の前に置いた。

「はい、どうぞ」

「ありがとうございますっ。ところでセンパイ、メニューってここにあるのだけですか？」

「えっ？　ああ、うん、そうだけど？」

「なるほどなるほど……うーん……」

「何か気になることでもあった？」

「気になるというか……まあ、とりあえずはいただきますね。このケーキを前に食べないなんて拷問みたいなものですから！」

割とバンバン物を言うタイプだと思っていたので余計に気になる反応だが、食べたいというのを止めるのもおかしいので、往人はひとまず様子を見ることにした。

小さく手を合わせて「いただきます」と呟いた詠美は、まずショートケーキにフォークを差し込む。

器用に真っ直ぐ縦にフォークで切り分け、ちょっと大きめの一口サイズにしたショートケーキをパクリと頬張り、

「〜〜〜〜っ！」

両手をギュッと握り締め、何かを我慢するみたいに目を瞑って悶えだした。

「え、えっ？　もしかして口に合わなかった？」

想定外の反応に往人は慌てるが、くわっと目を見開いた詠美は幸せ一杯の強烈な笑顔で、

「すっっっっごく美味しいじゃないですかっ！　ちょっとセンパイ、聞いてないですよこの味は！」

「…………あ、大丈夫だったんだ……」

「大丈夫じゃないです！　なんて物を食べさせるんですか、こんな美味しいショートケーキ、絶対にまた食べに来ちゃいますよ太っちゃうじゃないですか!?」

嬉しそうに怒るという珍しいアクションをした詠美は、急いでもう一口食べる。そして「んん〜〜っ」と幸せそうに噛みしめて、カフェオレにも口をつけた。

「んっ……ちゃんと美味しいカフェオレですね？」

「そりゃまあ、一応ね。ケーキと違って手間はかけてないけど、父さんがコーヒー好きだから味には拘ってるんだよ」

「その言い方だと、センパイはあんまり拘りないんですか？」

「ぶっちゃけ、インスタントとそこまで違いが分からない。安い豆だとえぐみがあったり深みが足りなかったりするのは何となく分かったけど、ちゃんとした豆でちゃんと淹れても、そこまで美味しくは感じないかなぁ」

「それは残念ですね。でも、淹れるのは上手だと思いますよ」

褒めながらも詠美はショートケーキのイチゴに狙いを定め、大粒のそれを一口で食べる。

「んん～、このイチゴも甘さと酸味がいい感じで……センパイ、これいくらなんですか？」

「税込みで四百円。そっちのガトーショコラも同じ値段だよ」

「うわぁ………それで、このカフェオレは？」

「単品だと三百円だけど、ドリンクは全部ケーキにプラス百円でセットになるよ」

「ということは、これでワンコインですか………なのに……」

ショートケーキをもぐもぐやりながら、詠美は振り返って店内を見渡す。

相変わらず客はいなくて、誰かが入ってくる気配もない。店内ＢＧＭが静かに流れる落ち着いた空間……といえば聞こえは良いが、足りない寂しさの方が強い。

この現状は、改装を決めた時には想像出来なかった。

「イートイン出来るカフェスペースが欲しいっていう常連さんも多くて、だったらやってみようかって一年前くらいに決めたんだけどさ。いざ改装が終わったら、同じくらいにオープンし

パァァァァ

た駅の反対側にあるモールに商店街ごと客足を取られて、見ての通りだよ」

「こんなに美味しいのに……他に理由はないんですか？」

「それもさっき見ての通り。うちの父親が怖くて、一見さんが寄り付かないんだ。バイトの子もすぐに辞めたり、面接に来たのに逆に断られたり……」

「ふむふむ……でもなぁ…………あまり商売気はないにしても、勿体ないですねぇ……」

ショートケーキの最後の一かけを名残惜しそうに食べて、詠美はカフェオレで口の中を改めてからガトーショコラに取りかかった。

二等辺三角形の尖った部分から攻略しようとフォークを入れ、一口食べるとすぐに幸せそうに目を細める。

「ん～、しっとりとしたチョコレートの甘さ……甘すぎないのがまたいいですね！　あれ、でも、これ……？」

すぐに二口目にいこうとして、何かに気付いてじっとケーキを見る。

意外と言っては失礼だが目端の利く詠美に、

「それは三段階に仕立ててあるんだよ。内側から外にかけて、プレーン、ココア、粉砂糖で少し味が変わるようにね」

「あ、センパイのお父さん」

先回りして疑問に答えたのは、呼んでもいないのにキッチンから出て来た延彦だ。強面だから分かり難いが、息子からしてみればこれ以上ないくらい弛みきった顔をしている。

何しに来たんだろうと気恥ずかしくなる往人の隣に並んだ延彦は、やや大きめの紙袋をカウンターに置いて、

「これ、大したもんじゃないが、ご家族に。適当にクッキーを入れておいたから」

「わっ、本当ですかっ⁉　嬉しい、ありがとうございます！」

フォークを置いて紙袋を手に礼を言う詠美に、延彦は厳めしい顔をする。

あれが照れだと分かるのは息子くらいだと往人はげんなりしつつ、

「仕事はいいの？」

「今、第一陣をオーブンで焼いている。いつも通り六時頃に配達するから、帰るまで店は任せるぞ。彼女さんには申し訳ないが」

「あ、いえいえ全然、お気になさらず。それより、配達ですか？」

「ああ、二軒ばかり契約している店に卸すんだよ。見ての通り客が少ないから、店を畳むまでのしばらくの間はバイトの募集も難しいしね」

「……………えっ？　畳むって……閉店、ですか？」

驚きながらも上手く呑み込めない様子の詠美に、延彦は『なんだ、言ってなかったのか？』と往人を睨んでくる。そんなこと簡単には言えないし、そもそも出会ってまだ二日だ。話すにしても順序ってものがある。

まあ、今夜か明日には話すつもりではいたので、往人は重々しく頷いて、

「……正確にいつかは決まってないらしいけど、年内か……遅くても来年の春までには、そうなるみたいなんだ」

自分の口から説明すると、余計に現実味を帯びて、ずしんと重くのし掛かってくる。

見たくない未来図に愛想笑いも難しくなる往人に、どうやら詠美もガチだと理解してくれたようで、さっきまでの浮かれたテンションは完全に消え去っていた。

そして爆弾を落としこの状況を作り出した延彦は、「おっと、オーブンの様子を見ないと」などと白々しいことを言って逃走する。悪気はないとはいえ、責任くらい取っていって欲しかった。

嫌な沈黙が流れる中、往人は父親が完全にいなくなったのを確認してから、

「……まあ、そういう訳でさ。僕が城之崎先輩に告白しようと思ったのも、閉店の話が切っ掛けだったんだ」

「……じゃあ、思い出作りで？」

ちらりと見てくる詠美に、往人はすぐに首を横に振って答える。

「まさか。後がないって分かったら、先輩への気持ちも高まっちゃってさ。引っ越しや転校することになっても関係を終わらせない為にどうにかしたくて動いたんだよ」

「むぅ……それはそれで複雑ですね……」

唇を尖らせて不満そうな詠美だが、そんな顔も可愛いから厄介だ。ゆかりのことがなければ、一日で何回好きになっているか分かったもんじゃない。

危険な年下美少女を往人はなるべく直視しないよう努めていると、そんな悪足掻きを咎めるみたいに詠美がカウンター越しにぐっと顔を近付けてきた。

「でもセンパイ。閉店がいつか正確に決まっていないということは、つまり売り上げ次第では続けるって意味ですよね？」

「あー……そういうことかな。こういうお店をやるの、父さんだけじゃなくて亡くなった母さんの夢でもあったみたいでさ。畳んだらまたどこかで雇われ仕事になるし、やれるなら続けたいと思うよ」

「なるほど。よぉ～く分かりました」

「……何が分かったの？」

「これがピンチでありチャンスだってことがです！」

にまりと笑った詠美は、座り直してガトーショコラを大胆に半分カットして口に入れる。それを幸せそうに咀嚼してから、誰もいない客席を手で示し、

「センパイ、賭けをしませんか？」

「賭け？　賭博をする気はないけど」

「そんな堅苦しいものじゃないですし違法性もないですよ。勝負と言い換えてもいいです。ミ

ッションをクリア出来ればわたしの勝ち、出来なければセンパイの勝ち……これならどうですか？」

「ん……それだったらいいけど、何をするつもりなのさ？」

「単純です。わたしがこのお店の経営者状況を改善してみせますから、一週間で売り上げを五倍にしたらミッションクリア。それ以下なら負けでいいです」

途方もないことを言い出した詠美に、往人はしばし硬直し……ややあってから、まじまじと彼女を見返して、

「それってイートインの売り上げのこと、だよね？」

「いいえ、全体のですよ。持ち帰りのケーキも含めて。他のお店に卸している分に関しては額次第で外させて貰うかもしれませんけど」

「や、外注のを除くにしても無理だって。ここはこんなにガラガラだけど、買って帰るお客さんはそこそこいるんだよ？」

「そこそこで済むなら大丈夫です。ただ、センパイとセンパイのお父さんに色々と条件を呑んで貰う必要はありますけど、一応ビジョンはあるんですよ」

不適な笑みも可憐な詠美だが、そこにときめくほど往人も呑気じゃない。

もしも彼女の言う通りになるのなら、少なくとも焦って閉店する必要はなくなる。一時的な売り上げ増加じゃなくてある程度継続してくれないと焼け石に水だが、それでもあるのとない

のとじゃ大違いだ。

これ以上の悪化は逆に難しいから、店としてのデメリットはない。あるとすれば、

「法的にも倫理的にも無茶しないんなら受けてもいいけどさ。勝ったらどうするの？」

「そうですねぇ……じゃあわたしが勝ったら、センパイには彼氏らしい振る舞いをして貰いましょうか。嫌々でも何でも、ちゃんとわたしを彼女として接してください」

「……じゃあ、出来なかったら？」

「告白の件、なしにしてあげてもいいですよ？　わたし、遠距離恋愛は嫌ですし。毎日お仕事で身動き取れない人と付き合い続けるのもモチベが厳しそうですしね」

詠美からの提案は、往人にとって魅力溢れるものだった。

失敗を願うのは間違っているけど、そうなったとして損はない。むしろ条件としては詠美に不利すぎる。

「……詠美ちゃんが言うところの『彼氏らしい』っていうのは、休みを作って君に付き合うことも含めて？」

「ですです。現状は不可抗力として、他のバイトを雇うならその分センパイの時間は空くでしょう？　そこは可愛い彼女の為に使って頂かないと」

「……まあ、売り上げ五倍がクリアされるなら、週に二日は出ない日があっても大丈夫かなぁ。バイトが見つかれば、だけど」

「センパイセンパイ、わたしが自分で可愛い発言したことについてはスルーですか？　突っ込んで貰えないと流石にちょっと恥ずかしいですよ？」

「え、ああ、そうなの？　可愛いのは事実だから気にしてないのかと思ってた」

お世辞でも何でもなく往人が言うと、詠美の顔が目に見えて赤らんで、

「あー、もうっ、ズルいですよセンパイ！　わたしに大して興味ないような顔をしておいて、さらっと嬉しいことを言うなんて……さては上級者ですねっ⁉」

「何のだよ。あんな失敗から分かる通り、女の子は得意じゃないし彼女だって出来たことないよ」

「それじゃ、お互い初めて同士ですねっ。んー、わたしって相手の交際経験に拘りないタイプのつもりだったんですけど、センパイが初めてなのはなんだか嬉しいですよ」

ほくほく顔の詠美だが、往人にとって信じがたい発言だった。

世界一有名だか可愛いだか言われている子が、誰とも付き合ったことがないなんて。恋愛に興味ないか理想が高いならまあ分かるけど、それで自分と付き合う気になる理由が分からない。

だがその謎行動にメスを入れる前に、詠美が小さく手を叩く仕草をして、

「ではでは早速、センパイのお父さんも含めて作戦会議を……の前に、これを食べちゃいますね。糖分補給、糖分補給」

楽しげに残りのガトーショコラを食べ始める彼女の姿に、往人はひとまず疑問解決は後回し

にして、キッチンの方に向かい、

「とりあえず、父さんに手が空いたら来てって言っておくよ」

「お願いしますっ。……んん、ココアはほろ苦なんですねぇ。甘いだけで終わらせないなんて憎い計らいですよ」

　幸せそうにケーキを頬張る詠美(えいみ)が、どれだけの勝算があって言ったのかは分からない。

　ただ一つだけ確信を持って言えるのは、悪意なんてこれっぽっちもないことだ。それだけは絶対だと思える。

　捨て鉢になるわけじゃないが、何でもかんでも提案を呑(の)むつもりはないし、逆に飲食店に携わる人間には出て来ない発想が聞ける可能性もある。現状より悪化は難しいからこその判断だ。

　なので往人(ゆきひと)は期待よりも、詠美(えいみ)の心意気を買ってみたのだが……

　——まさかあんなことになるなんて、この時は微塵(みじん)も予想していなかった。

三　世界一は伊達じゃない

詠美を自宅兼店舗に連れて行った翌日は、土曜日だった。

授業は午前中で終わり、往人は午後からいつも通り店の手伝いをする予定でいたのだが……

帰宅した往人が目にしたのは、今まで見たことのない光景だった。

「……………………う……………嘘でしょ……？」

店の前に、列が出来ている。蟻さんの行列みたいなオチじゃなく、ちゃんと人間のお客さんでだ。

ざっと数えて二十人以上。こんな行列、新規開店した時だってなかった。

いつもならとっくにオープンしている時間帯だが、今日は詠美の指示で遅らせているから、まだ店は開いていない。……というか、開けなくて良かった。どう考えても絶望的に接客が苦手な延彦に対応出来る人数じゃない。

「…………って、呆けてる場合じゃないか……！」

有り得ない光景にしばし見入ってしまったが、我に返った往人は急いで裏手に回り、住居側の玄関から中へと入る。

　慌ただしく自室に行って鞄を放り投げるように机に置くと、普段の倍速で着替えを済ませた。

制服は畳む間も惜しんでイスに掛けると、ドタドタと階段を降りて家の中から店へと繋がるドアを開けて事務室へと入り、

「……え？」

　ドアの向こうにいた詠美と、目が合った。

　――今まさにスカートを穿こうとしていた、詠美と。

「ひゃんっ⁉」

「ふあっ⁉　違、ごめっ……⁉」

　謝りながら慌ててドアを閉めた往人は、その場で頭を抱えてうずくまる。

　まさか事務室で着替えているとは思わなかった。しかもあんなタイミングで鉢合わせるだなんて。

　スカートに足を通そうと片足を上げた詠美の姿は、ほんの数秒しか見ていないのに、往人の脳裏にバッチリ焼き付いていた。どこに記憶力を割いているんだと、我がことながら情けなくなる。

　ややあってから事務室のドアが向こうから開き、隙間から詠美が顔を覗かせて……不思議そうに首を傾げた。

「センパイ、どうして正座しているんです？」

「……猛省して。その辺に強盗対策の金属バットがあるから、頭以外なら一発ぶん殴ってくれていいよ」

「そんなバイオレンス少女じゃないですからっ。あんなの事故で、しかもわたしとセンパイの仲ですし、気にしなくていいですって」

「…………天使かな？」

詠美の優しすぎる対応に、往人は感動してしまう。美人は傲慢だとか、イケメンは性格が悪いだとか、そんな世間の僻みが多分に入った印象なんて、本物には当てはまらないらしい。

にこりと微笑んだ詠美は往人に手を差し伸べて、

「ほら、立ってください。それと、一つだけ訊きたいんですけど」

「わ、わざとじゃないよ？　本当に、天地神明に誓って。詠美ちゃんのお姉さんに誓ってもいい……！」

「もう、そういうのじゃなくて……見えました？」

「見え…………何が？」

思わず勢いで否定なり謝罪なりしそうになった往人だが、なんとか踏み留まる。

これは回答を間違えたらまずいヤツだと、大して鋭くもない勘が告げていた。

「何って、そんなの決まっているじゃないですか。今日はお気に入りのを穿いてきたんですけ

ど」

「…………だから、何の話？」

「もう、とぼけちゃって。別にいいですけど」

　しらを切る姿勢を見せる往人に、思いの外あっさりと詠美は追及を止めてくれた。

　許してもらえたのも含めてホッと胸をなで下ろし、往人は立ち上がる。土下座と報復行為までは甘んじて受け入れようと思っていたので、これくらいで済んで良かった。

　……それと、ブラウスの裾の間からチラリと見えた淡い黄色の何かに関しては、絶対に黙っていようと心に決める。

「ところでセンパイ。この格好、どうですか？　なかなかイケてません？」

「え？　……ああ、制服か」

　正座したからスラックスが汚れていないか確認していたところに訊かれ、往人は顔を上げて改めてちゃんと詠美の姿を見る。

　上は半袖のブラウスで、下はダークブラウンのちょいミニのスカート。そして腰にはチェック柄の簡易エプロンを巻いて、足下は先の丸いローファー。

　ブラウスは元々店で用意しておいたものだが、残りは詠美が持ってきた物だ。

「いいんじゃないかな。動きやすそうだし」

「本当は一からデザインしたいんですけど、それはまた今度ですね。あんまり凝りすぎると着る人を選んじゃいますし」

「そういうもんなんだ？　でも、確かに……足が長いから逆にスカートが短く見えるね」

スカートは膝が見えるくらいの丈だろうに、詠美が穿くと太股まで見えそうになっている。

腰の位置が明らかに高いからで、普通ならああはならないはずだ。

身長はそこまで高くないのに、モデルになれそうなスタイルの良さ。流石は『世界一可愛い中学生』の肩書きを持っていただけのことはある。

だからこそ、表にはあんなに客が並んでいるのだろう。

「……まさかここまで効果があるなんて。ネクステに投稿しただけだよね？」

「ふふー、驚きました？　詠美ちゃんの知名度と商品価値はなかなかのものでしょう？」

「なかなかどころじゃないよ。君が『バイトする』って投稿しただけで、次の日に行列が出来るだなんて思いもしなかった……」

それが昨日、詠美が提案した赤字解消計画の肝だった。

聞いた時には往人も延彦も全然ピンとこなかったが、詠美が自信満々に『まあまあ、ここはわたしを信じてくださいな。失敗の際には、損失分は責任を持って払いますから』と言うので、半信半疑どころかほぼ無理だろうと思いつつ、他に即効性のある打開策なんてないので、試しに全乗っかりしようと決めたのだった。

チラリと時計を見て、まだオープンまで五分は残っているのを確認し、往人は改めて詠美に訊ねる。

「詠美ちゃんがバイトするってだけでお客さんが増えるのは有り難いけどさ。セットの値上げは大丈夫かな？　今まで来てくれていた常連さんが離れない？」

「構わないと思いますよ。だってその人達は毎日来ていた訳じゃないですし、現実問題として大赤字なんですから。趣味のお店じゃないなら、そこを遠慮しちゃうと駄目です。それにお客が増えてから値上げする方が印象悪いので、やるならここしかないんです……って、昨日も言いましたか」

「……そうだね。蒸し返しちゃってごめん」

値上げには延彦も渋い反応を示していたが、それを説き伏せたのも詠美だ。半年前まで中学生だったとは思えない視点で、聞いている時は往人もなるほどと納得した。

ただ、実際に常連客からどんな反応をされるか考えると、やっぱり不安は残る。

「……とりあえず、今日来た人には満足して帰って貰えるように頑張ろうか。詠美ちゃんはフロア、僕は店頭で持ち帰り客の相手とレジ、父さんはドリンクと軽食担当だね」

「うーん、ちょっぴり緊張しますね。わたし、飲食店のアルバイトって初めてなんです」

「……なのに誰より的確に改善策を提示出来たよね？」

「コラボ商品の開発やプロデュースのお仕事をしたばかりでしたから。あと、うちの母親がコンサルティング関係の人なので、商売のことは多少耳にしているんですよー」

それを加味したところで普通の女子高生には到底出来ないレベルの話だが、詠美は得意そうな顔もせず、

「さてさて、今のところ順調ですね。センパイ、お父さんの方はどうですか？　さっき挨拶はしましたけど、何やらむすっとなされていてあまり話せなかったんですよ」

「それ、たぶん緊張してたんだよ。表にいる客の数に」

「なるほどー。ショーケースにはたくさん並んでいましたが、あれだけです？」

「いや。ケーキに使うスポンジは焼いてから一度冷やす必要があるんだけど、今朝は大量に下拵えしていたよ。奥にまだあるだろうし、普段はロスが怖くて注文が入らないと作らない得意のフルーツタルトの用意もしていたから、あれは相当張り切ってたと思う」

「フルーツタルトっ⁉　うわあ、センパイのお父さんが得意っていうくらいですから、絶対美味しいヤツですよねっ。センパイセンパイ、わたし今から一ピース……いえっ、三ピース予約しておいていいですかっ？」

目をキラキラと輝かせて距離を詰めてくる詠美に、往人は思わず吹き出しそうになる。

こういう反応は、普通の女の子と変わらない。けど、経営戦略を語りSNSの投稿一つで何十人も集めた子がすると、なんだかおかしかった。

「んん？　センパイ、なんか笑ってます？」

「……いや。タルトなら父さんに言っておけば、今日は無理でも明日ならワンホール丸々あげ

られると思うよ」

「やたっ！　じゃあわたしのバイト代はそれでいいです。食べすぎで太りそうなのだけが心配だなぁ」

「痩せすぎなくらいだから、そんなに気にしなくてもいいと思うけどね。詠美ちゃんは頑張ってくれている訳だし」

「いやいや、何を仰るのやら。わたしが出来るのはあくまでも提案で、センパイとお父さんが頑張ってくれないと成功しないいんですから。わたしとセンパイの明るい未来の為にもやりましょう！」

「……………うーん。賛同が難しい……」

「でも、手は抜けないですよね？」

「そりゃあね。だから、精一杯頑張るよ」

「はい。今日と明日は、ちょっと大変だと思いますけど頑張りましょうねっ」

両手をぐっと握り締めて「ファイトですよっ」と鼓舞する詠美は、文句なしに可愛い。あざとい仕草も嫌らしくないし、むしろお茶目で親しみやすさを感じる。

この子が自分を好きだというのが未だに信じきれず、かといってここまで手伝ってくれるのだから、ただの悪戯心とも思えない。

そして早く嫌われて別れて貰うつもりが、思いっきり世話になっている現状。何もかもが想定外だ。

「……とりあえずは、今日を乗り切ろう」

「はいっ。夕方くらいには売り切れで店仕舞いするつもりで、張り切っていきましょう！」

威勢のいい詠美の言葉に、往人は苦笑混じりに頷く。

意気込みはいいが、今日は普段の五倍以上の量のケーキを作ってある。

詠美の宣伝効果で普段の数倍の客が来たとしても完売は難しいはずで、早めの店仕舞いなんてまず考えられない。詠美がカフェスペース担当なんだから、客がそっちに流れることも考慮すれば尚更だ。

だが、それくらいの気合いで臨むべきだろう。何しろあんなに客が並んでいるのは初めてのことなのだから。

「……よし、頑張って詠美ちゃんの持ち帰り分がなくなるくらい売りまくろう！」

「それはちょっと話が違いますよっ⁉　バイト代はいらないので取り置きしておいてくださいよ、センパイっ⁉」

「駄目駄目、今日のところはお客さん優先。その代わり、余ったら好きなだけ持って行っていいから」

「やたっ！　……って、それじゃ結局持ち帰れないで終わりじゃないですか！　惑わされませんよっ」

完売を信じて疑いもしない詠美を好ましく思いながら、往人は靴を履いて気持ちを切り替える。

人生そう甘くはないと理解していても、この店の存続の為に、やれるだけのことはやるつもりだった。

◇　◆

「……まさか、だよなぁ……」

「ふぁひ？　ん、むっ……センパイ、何がですか？」

往人の独り言に、幸せそうにパンケーキを頬張っていた詠美が振り向く。唇にホイップクリームが付いていて、年相応の愛らしさがあった。

今は店内に残っているのは往人と詠美だけで、客はいない。閉店作業も一通り済んで、延彦はついさっき配達に出掛けていった。

外はまだ暗くなり始めたばかりで夕食の時間にはまだ早いだろうが、詠美は『今日はこれがわたしの夕ご飯ですから。ちょぉっとカロリーオーバーですけど、夕ご飯代わりだからセーフです！』と言っていた。

ぶ厚いパンケーキを二枚重ね、そこにカットされた色とりどりのフルーツとたっぷりのホイップクリームだから、確かにカロリーは多いはずだ。けど、それを食べて余りあるくらい詠美は働いた。

「……まさか本当に夕方に店仕舞いすることになるなんてなぁ……」

「そのせいでフルーツタルトは明日にお預けになっちゃいましたけどねー。でもこのパンケーキも幸せの味がするので文句はないです！　センパイのお手製ですし！」

「フルーツはカット済みのものだし、他のもあった材料を使ったから、僕は焼いただけで大したことしてないけどね。やろうと思えば詠美ちゃんもすぐ作れるようになるよ」

「それは是非とも挑戦してみたいですが、わたしが食べるのはセンパイが作ってくれたものがいいですっ。たっぷり愛情が籠もってますし！」

「レシピ以外のものは入れてないから、あるとしたら生地を混ぜる時に入った空気かなぁ……」

「もう、そんなセメントな返しをするなんて意地悪です。センパイ、実は女の子の相手をするの、得意じゃないですね？」

「実はも何も普通に苦手だよ。昨日も言ったけど彼女はいたことないし、女友達だって一人か二人しかいないし」

友達の数がちょっと曖昧になったのは、細雪のカテゴリーに困ったからだ。往人は友達枠に入れたいが、向こうは頑なに拒否すると分かっているので。

　三分の一程食べたパンケーキの残りを切り分けつつ、詠美はちらりと往人を見て、

「普通、その手の男の人ってもっと女の子と二人きりだと緊張して喋れなくなると思うんですけど、センパイは少し違いますね？」

「まあ、お客さんで相手はしているからね。それに女の子には嫌われることも多いから、関係が発展する期待をしてないし」

「ほほう？　女の子に妙なちょっかいをかけるタイプには見えないセンパイが、ですか……なかなか気になりますね……！」

「食事中に聞いて楽しい話じゃないから、置いといてよ。それより、もう半分も食べたんだ？」

「はいっ。だって美味しいんですもん！」

「それは良かった。ところで、パンケーキには追加トッピングでジェラートを載せるのもお薦めなんだけど、試してみる？」

「どうしてセンパイはそんなにわたしの体重に厳しい提案をしてくるんですかっ⁉　そんなの、するに決まってるでしょう！」

　とびきりの笑顔で文句を言いながらパンケーキの皿を差し出してくる詠美の要望に応え、往人は皿を手にキッチンへ行き、専用冷凍庫からラズベリーのジェラートを掬ってパンケーキに載せて戻る。

「はい。酸味がアクセントになるって常連さんに人気あるんだよ」

「なるほどなるほど……シンプルにバニラでくると思いきや、ラズベリーですか……！　センパイ、分かってますね！」

「僕はどちらかというとチョコレートの方が好みだけどね。熱で少し柔らかくなったところを、ホイップクリームと一緒に食べると美味しいよ」

「そんな通な食べ方まで……明日はそれを所望します！」

「別にいいけどさ。今日はあんなにたくさん来てくれたけど、明日も同じようにはいかないんじゃない？　イートイン出来ないからって帰ったお客さんも結構いたし」

そう、訪れた客の数は今まで経験したことのない数だった。しかしその一割から二割は、店頭で相手をしてくれるのが詠美ではなく、カフェスペースは混んでいて一時間も二時間も待つと聞いて、何も買わずに帰ってしまった。

途中から店外にホワイトボードを置いてイートインの待ち時間を提示したので、詠美目当てで来た人達の中には並ぶことすらせずに帰った人もいるはずだ。

「……とはいえ、あんなに来るってことが想定外過ぎたけど。君はああなるって予想していたの？」

「半分くらいは。ネクステの投稿に来てくれそうなコメントが付いていたんですけど、それが朝の段階で三百くらいはあったので。お昼には千件以上になってましたし、完売まではいけるんじゃないかと思ってました。これでもわたし、そこそこ影響力あるので」

「そこそこなんてレベルじゃないけどなぁ……とりあえず、今日と明日だけで月の店頭売り上げの記録更新しそうだよ」

「それは良かったです。でも、そこ止まりだと焼け石に水ですから、あとはどれだけ餌に釣られてくれるか……」

「餌って、詠美ちゃんのことじゃ…………っと、ごめん、電話だ」

スマホではなく店の電話が鳴ったので、詠美の意味ありげな呟きを追及する前に、往人はカウンター内にある電話の子機を取る。

「はい、洋菓子喫茶『グラスアワー』です。…………え、あ、はい…………はい、してますけど…………」

間違いではなく店宛てに掛かってきた電話の対応をしていた往人だったが、その表情は驚きと戸惑いでコロコロ変わる。予想していなかった内容の電話で、思わず詠美を見るも、幸せそうにパンケーキを頬張る彼女に助け船は求められない。

メモを取りつつ数分の通話を終えると、往人は大きく息を吐き出して子機を戻し……バッ、と勢いよく詠美の方を振り向く。

「い、今の電話、バイトの応募だったんだけど⁉　しかも友達と二人でって！」

「おや、早速来ましたか。お友達と一緒ならすぐ辞める可能性が少しだけ減るので、その意味でもラッキーですね」

「う、うん……けど、こんな早く効果が出るなんて……」

信じられない気持ちで、往人は壁に貼ってある求人の告知を見る。元々アルバイトの募集はしていたが、詠美の助言を受けて作り直したものだ。

時給は千円のままだが、対象を女性のみにして、最後におまけを付け足した。

「今日来てくれたお客さんみたいだけど……これも詠美ちゃん効果だよね」

「ないとは言いませんけど、お客さんならどちらかというとあれが効いたんじゃないですか？」

「そう、かな……？　『残った生菓子の持ち帰り可』って、そこまで好条件とは思えないけど」

「何を言うんです、とっても大事ですよ！　センパイはいつでも食べられるから感覚が麻痺しているんです。それにケーキなんかは一つ持ち帰れば実質時給が五十円から百円上がるようなものですよ？」

声を大にして主張する詠美に、往人はカウンターのイスに座り、そんなもんかなと首を傾げる。

「あとは制服をもっと可愛くすれば、若い女の子のアルバイトはいくらでも来ますよ。間違いないです」

「え、そう？　今のままで十分じゃない？」

「悪くはないと思いますよ。でも、可愛い制服っていうのは物凄い武器なんです。女の子は制服で学校を選ぶこともあるくらいですから」

「そういう話も聞いたことはあるけどさ。そんなにたくさんいるの？」

「センパイ、分かってませんねー。女の子は誰でも、隙あらば可愛い格好をしたいんですよ？何を可愛いと感じるかは人それぞれでしょうけど、これは真理です。『面倒臭い』とか『自分には似合わない』とか思っていたとして、それがバイト先の制服なら『仕事なんだから仕方ない。着たい訳じゃないけど、制服なんだから』と言い訳を用意してあげれば着ちゃうんです。素知らぬ顔で、嫌々そうに、『そんなつもりじゃなかった』と言いながら」

「……僕には分からない世界だなぁ……」

「センパイは分からなくてもいいと思いますよ。これは女の子の変身願望を交えた話ですから。理解すべきは、可愛い制服目当てにアルバイトの募集が来て、その可愛い制服を着た女の子目当てに男性も来るというシステムです」

「……うーん……そう簡単に上手くいくとは思えないけど……」

「はい、わたしもそう思います」

「そ……え……？」

策を否定されたのに、詠美は気分を害するどころかあっさり受け入れた。

意外だと往人が驚いていると、むしろその反応がお気に召さなかったらしく、詠美はアイス

とクリームで汚れた口元を紙ナプキンで拭きながら不満そうな目をして、

「センパイ、もしかしてわたしのこと、ちょっと可愛いだけで自惚れの激しい勘違い小娘だと思ってます？　だとしたら心外です」

「いやそこまで酷いことは思ってないよ！　でも、昨日といい今日といい、自信満々でバンバン提案してくるからさ」

「そりゃあプレゼンするのに不安な顔なんて出来ませんよ。それに、一つや二つ上手くいかなくてもいいんです。肝心なのは仕掛け続けることと、土台の良さを損なわないことですから」

「土台の良さ？」

「味ですよ、味。センパイのお父さんの作るスイーツ、どれも抜群に美味しいんですから。むしろこの味でお客さんが少ない方が変なんです」

「まあ、去年までは赤字じゃなかったしね。店内改装とモールのオープンが重なって、一気にヤバくなっちゃったけど」

「なので一時的にでもお客さんを集めれば、それなりにリピーターは見込めると思うんですよ。わたし目当ての人だってある程度は取り込めるでしょうし……ほら、ネクステの反応も上々ですよ？」

　そう言って詠美が見せてきたスマホの画面には、『お仕事終了！　完売のご褒美に余りの材料でイートイン限定パンケーキ作って貰っちゃいました～』という文章と共に、さっき食べていたパンケーキの画像が投稿されていた。

ほんの十分かそこら前の投稿に、既に百件近いコメントが寄せられている。『いいなー』とか『美味しそう！』といった短い感想がメインだが、中には『今日お店に行ったよ！　間近で見るエイミー、めちゃ可愛くて悶絶しちゃった！』と現地に行った報告をする人もいた。

読んでいる間にも増え続ける好評価とコメントの数に圧倒され、往人はため息混じりに言う。

「……や、詠美ちゃんの人気が想像以上だったのは今日一日で理解したつもりだったけどさ。テレビや人気の動画配信者に紹介された訳でもないのに、ここまでの影響が出るんだ……」

「わたしもちょっと持て余してますけどね。ただの普通の可愛い中学生だったのに、一年ちょっとでこれですもん」

「………これ、もしかしなくても本当なら結構な額を払うべきなドーピングなんじゃないのかなぁ……」

現実は高額報酬を払うどころか、バイト代のみだ。全然釣り合っていない。

しかし詠美はまるで気にしていない笑顔で、

「わたしが好きでしていることなんですから、お金なんて要らないです。それにさっきも言いましたけど、商品が売れて当然の味だから、わたしの浅知恵でも何とかなりそうなんです。これがごく普通の味で特色もなかったらお手上げですよ。ただの女子高生のわたしが出来るのって、要は宣伝と集客だけですから」

「いやその二つだけで十分だし、ただの女子高生には出来ないことだよ？」

潰れそうな店を立て直すレベルの集客が出来る普通の女子高生なんて意味不明だ。

しかし普通じゃない詠美は往人の突っ込みもどこ吹く風で聞き流し、

「そもそも、これってわたしにとってメリットだらけですし。逆にお金を払って投資したいくらいですよ」

「え、どこが？　リスクとデメリットならゴロゴロあるけど……」

「センパイが遠くに行くのを防げて、可愛いだけじゃないのをアピール出来て、しかも恩まで売れる……完璧にわたし丸得なプランじゃないですかっ」

「ええ……そういう反応になるの……？」

「そうですよ？　センパイはまだまだわたしのことを彼女として好きになってくれていないみたいですから、またとない機会を逃す手はないです。ほら、もうわたしを無碍には出来ないでしょう？」

「う……」

そう言われると、往人は返す言葉がない。

確かに、ここで詠美に見限られたら困るのは往人の方だ。ゆかりへの告白は大事だが、閉店と転校の極悪コンボを天秤に乗せられると、流石に『そんなことより愛を選ぶぜ！』とはならない。

幸い、詠美は本当に延彦の作る洋菓子の味を気に入ってくれたみたいなので、上手いこと両取りする道は僅かながらに残っている。詠美に飽きられるか嫌われるかして円満に別れて貰い、改めてゆかりに告白する——

あまりに困難な道筋に、ちょっと想像しただけで往人は気が遠くなりそうだった。

状況が変わったから、店の為にも詠美の機嫌を損ねるような真似は出来ないし、彼女の要望にはなるべく応える必要がある。それでいて親密になりすぎないよう距離感を保ち、詠美の気が済むまで付き合い続ける……何週間か、或いは何ヶ月か。下手をすればもっとだ。

しかも長期間になればなるだけ状況は悪化する。長く妹と付き合っていた相手に告白されても嫌だろうし、それに……

ちらりと詠美を見て、往人はしみじみ思う。パンケーキの最後の一かけを惜しみながら食べる彼女は、誰がどう見ても美少女だ。綺麗で可憐で可愛くて、しかも性格だって悪くない。おまけに頭もいい。

この子と長く付き合って程良い距離感なんて保ち続けられる自信は、まるで持てなかった。

「んっ、ご馳走様でした！　明日はもっとたくさん売れるといいですねっ」

「ああ、うん。父さんもはしゃいでたから、明日はもっとたくさん仕込むと思うよ」

「はしゃいで……？　……そんな素振りは全然……むしろ不機嫌そうにも見えましたけど……？」

「あの人、感情表現が本当に苦手なんだよ。だから歓迎のつもりがお客さんを怖がらせたり居心地悪くさせたりしちゃって、一見さんお断りの店みたいになっちゃってるんだ」

「となると、やっぱりあと三人はアルバイトの人が必要ですねぇ。フルタイムでやってくれるとしても、最低二人は」

「でも、そうなるとバイト代の問題も出て来るよ？」

「イートインがフル活用で満席なら、それだけで元は取れますよ。お母さんが言ってました。『飲食業は原価の低い食べ物とドリンク代で稼いでなんぼ』って」

「……言っている意味は分かるけど。何にせよ、さっきの電話の人達が雇えるといいなぁ」

「シフトもあるので今月中に五人か六人は雇いたいところですねぇ。特にお昼から夕方にかけての時間帯は、わたしもセンパイも入れないので二人は確保しておきたいです」

「その時間帯だと学生さんは厳しいかもなぁ。それに詠美ちゃんも、明日はともかく以降は週に一回か二回しか入れないんだよね？」

「残念ながら、わたしにも色々ありますし。あと正直なところ、結構疲れたのであまり頻繁だと辛いです」

「慣れないうちは特にね。だから無理はしないでいいよ。こっちは助けて貰ってる側だし、あのままだったら来年には確実に閉店してたんだから」

「センパイは良くてもわたしが良くないです！　少なくとも戦力になるバイトさんを確保しつ

つ店が軌道に乗るまでは辞めませんからねっ」

怒り気味に覚悟を語る詠美に、往人は目頭が熱くなって、ちょっと泣きそうになった。

どうして自分と付き合う気になったのかは全然分からないけど、この店のことを本気で考えてくれて頑張っている。それがとても嬉しくて、感動に胸が震えていた。

「あっ、ところでセンパイ。この制服はどうしたらいいですか？」

「ああ、事務室に青い籠があったでしょ？　あれに入れて置いてくれたら、ちゃんと洗濯しておくから」

「洗濯って……クリーニングに出すんじゃないんですか？」

「そうするとお金が掛かり過ぎちゃうから、僕がやってるんだよ。その為に業務用の洗濯機もあるし、アイロン台もそこそこ立派なのがあるんだ」

中学生の時から往人がやっているので、今はもう手慣れたものだ。ただ洗うだけじゃなくて、染み落としやのり付けも出来る。

とはいえ、これから四人も五人も増えるとなると、クリーニング以前に制服を買い揃える必要があるなと考えていると、何故か詠美が頬を赤らめて、

「……それじゃ、わたしの着ていた制服もセンパイが洗うんですね？」

「えっ？　そりゃまあ、そうするよ。僕の仕事みたいなものだし」

「じゃあじゃあ、わたしの着ていたシャツの匂いを嗅いじゃったり抱き締めたりしちゃうんで

すかっ？」

「しないよ!?　普通に洗濯するだけだし、今まで何人も女性アルバイトの制服洗ってるけど、一度もしたことないし！」

「なら、わたしのが記念すべき最初の餌食になるんですね……」

「だからしないってば！　何故にその行為に及ぶ前提なのっ？」

変態のレッテルを貼られかけて否定と抗議の声を上げる往人に対し、詠美は物凄く意外そうな顔をする。

「……えっ？　本当にしないんですか？」

「いやしないでしょ、普通……むしろどうしてそんなにすると思うのさ？」

「えー、だってわたしが逆の立場なら一回くらいはやっちゃいますよ。別に汗の臭いを嗅ぎたいって訳じゃないですけど、何となくやっちゃいたくなりません？」

「……ごめん賛同出来ない」

あくまでも否定派の往人に、詠美はそれでも納得出来ないようで「えー、そんなぁ」とぼやく。

「……とにかく、洗濯物はそこにお願い。タオルもそこで、布巾はキッチンやカウンターの中に専用の籠があるからそっちね。あと、事務室で着替える時は、カーテンで仕切りを作ってその中で着替えるか、隣の倉庫に着替え中の札を掛けて使って」

昼間のあわや痴漢扱いされかねなかった出来事を思い出して、しっかり説明しておく。あの手のハプニングは嬉しさよりも焦りと絶望感が凄いと、往人は初めて知った。

「……というか、父さんは言ってなかったの？」

「そういえば聞いたような気もします。でも、あそこで着替えても見られるとしたらセンパイだろうから、別にいいかなー、って」

「良くない、何も良くないよ……」

あっけらかんと答える詠美に、事故ではなく作為的なものを感じつつ、往人は首を横に振る。

飽きられるか嫌われるかするまでこの美少女の猛攻に耐えられる気が、どんどんしなくなっていた。

◆

◇

日曜日はいつも通りの午前十一時開店だったが、前日の大賑わいから落ち着くどころか、むしろオープン前から五十人以上の客が並び、今日も混雑が予想される中。

開店準備の終わった店内では、大黒柱の延彦が厳めしい表情で二人の女性と向き合い、緊迫感溢れる状況になっていた。

売り場の最終チェックをしていた往人も、ハラハラしながら横目で見守っていた。胃が痛くなりそうだが、父親はその比じゃないくらい緊張しているのが分かるので、自分はまだマシだと言い聞かせている。

延彦が向かい合っている二人の内の一人は詠美なのだが、いつもの明るい笑顔とは違って、どこかふて腐れたような表情だった。そうなるのも分からなくはない。

……というのも、詠美の隣にいるのが、

「初めまして。挨拶が遅れてすみません、この子の姉の城之崎ゆかりです」

「こ、これはどうもご丁寧に……」

深々と頭を下げるゆかりに、延彦は完全に呑まれた様子だった。

それを見ていた往人は、大の大人が女子高生相手に、とは口が裂けても言う気になれない。凛とした姿勢で真っ直ぐに目を見てくるゆかりは、独特の雰囲気もあって怖くはないけど慣れないうちは緊張してしまう。対人スキルの低い父親なら尚更キツいはずだ。

休日だが制服姿のゆかりは、持っていた鞄の中からB5サイズのクリアファイルを取り出し、延彦へと差し出す。

「うちの親の署名が入った雇用に関する同意書です。正式にアルバイトとして契約するのとは違うみたいですが、何かあった時に困ると思いますから」

「これは……いや、気が回らなくて申し訳ない。一度そちらのお宅には挨拶に伺おうと思っていたんだが」

「お気遣いなく。瀬尾君とは図書委員で一年以上一緒に活動してきて、人となりは十分に理解しています。彼のお父さんならば安心してこの子を任せられます」

「……もー、お姉ちゃんってば、おばさん臭いよ」

密かに往人も『何だかお母さんみたいだな』と思っていたのを、詠美がどストレートかつ皮肉っぽい言い方をした。

当然ゆかりは隣にいる妹を睨むも、詠美はどこ吹く風で明後日の方向を見て、

「同意書だけわたしが持ってくれれば済むのに、わざわざ挨拶に行こうって発想、女子高生のものとは思えないもん。お煎餅のパッケージに描いてあるお婆ちゃんみたいですよ」

「……私のことはなんと言っても構わないけど、接客の時はちゃんとするのよ。あなたの評価じゃなくてお店の評価になるんだから」

「分かってますよー。やる時はキチッとやる子なんですから。ねっ、センパイ?」

「いっ⁉」

突然振られて、空気に徹していた往人は思わず変な声をあげて背筋を伸ばす。

詠美だけでなく、ゆかりもこっちを見ていた。ここでの返答ミスは色々な意味で致命傷になると感じ、急な修羅場に泣きたくなる。

「えっと……ちゃんと言葉遣いは気を付けているみたいだし、詠美ちゃんが気安く接してくれると喜ぶお客さんは多いので、今のところ問題ないと思います……はい」

「そう。ならいいのだけれど……目に余るようなら叱ってやって下さい。逆恨みする子ではないですから」

ゆかりの言葉に、延彦は困った顔をする。あんな厳つい見た目に反して中身は穏和な人だから、怒ったり叱ったりするのは苦手だと往人は知っている。

助け船を出すべきか大人しくしているべきか迷っていると、ゆかりがチラリと壁に掛けてある時計を見て、

「それでは、私はこれで。開店前の多忙な時に押し掛けてすみませんでした」

「ああ、いや、とんでもない。こちらこそ……そうだ、良かったら何か好きなケーキを食べて行くか持ち帰るかして――」

「お気持ちだけで十分です。外に沢山の人が並んでいる中で、横紙破りしたくないですから。この後行く所もありますし、今度日を改めて客として来させて頂きます」

やんわりと断りを入れたゆかりは再び深く頭を下げて、それから詠美に「しっかりね」と声を掛けてから店のドアから出て行った。

ドアベルがカラコロと音を立てる中、詠美はさっさと自分の持ち場の方へと向かったものの、往人と延彦の親子はしばし突っ立ったままでいて……ほぼ同時に互いの顔を見合わせる。

「……まあ、なんだ。随分としっかりしたお姉さんだな」

「……僕もそう思う」

「まるで結婚前の両家顔合わせみたいだったな」

その感想には同意出来ないので往人が黙り込んでいると、延彦は「おお、いかんいかん、オーブンが……」と呟きながらキッチンの方へと消えて行った。

突然のゆかり襲来は驚いたが、ゆっくり呆けてもいられない。往人は途中だったショーケース前面の乾拭きを終わらせると、布巾を手に事務所の方へと戻る。

移動しながら時刻を確認すれば、開店まであと三分。

「……波乱のスタートどころか、まだ始まってもないんだよなぁ……」

外にはたくさんの客、ショーケースとキッチンには大量のスイーツが待っている。切り替えていかないとミスがでそうだし、妹を預けてくれたゆかりの信頼を裏切れない。

……と、事務所に入る前に、ペーパー類のチェックをしていた詠美が「センパイ！」と声を掛けてきて、

「お姉ちゃんがああ言ったからじゃないですけど、何かミスや問題があったらビシビシ言ってくださいね！」

とても殊勝かつ前向きな姿勢に、往人は胸が熱くなり——

「あと、怒った後の甘やかしプレイも期待してますからっ。閉店後のお楽しみにしましょうね！」

「そういうのはないよ！　真面目にやろうね⁉」

とんでもないこと言い出したので思わず全力で突っ込むと、詠美から「はぁーい」と楽しそうな返事がくる。

からかわれたのだと気付いたものの、果たして百パーセント冗談なのかが掴みきれず、往人は不安に駆られながら事務所に戻った。

◇　◆

オープン直後から大量の客が押し寄せた『グラスアワー』は、午後になって客足が衰えるどころかむしろ増え、間違いなく今までで最高の来客数だった。

詠美効果は凄まじいが、弊害もある。やはりというか、詠美目当ての客は彼女がカフェスペースの担当だと知ると注文をキャンセルして順番待ちをする人も少なからずいる。しかし一時間も二時間も待つと知らされると諦め、その大半は仕方なくといった感じで妥協してテイクアウトの洋菓子を買い、会計待ちの間に奥で働く詠美の姿を眺めてから帰っていった。

ただ、何も買わずに帰ってしまう客もそれなりにいた。中には悪態を吐く人もいたが、それも仕方ないというのが往人の感想だ。食玩を買う時、お菓子の方がメインの人はそういないだろう。

だから責める気にはなれないが、

「これ、本来なら詠美ちゃんが販売役の方が効率いいんだろうね」

閉店後、片付けをしながら往人が言うと、流石に疲れたのかカウンターで突っ伏していた詠美は顔を上げ、にこりと微笑む。

「センパイ、それは正解であって不正解でもありますよ」

「……というと？」

「持ち帰りの客は増えるでしょうけど、お店としてはイートインしてくれた方が利率がいいんですから。今日もちょっと時間は掛かりましたけどちゃんと完売しましたし、追加注文したくてドリンクをお代わりする人もいましたから、トータルではこの配置で正解のはずです。もっとたくさんのケーキをおじさんが作れるのなら、話は別ですけど」

「うーん……一人だと流石に無理かな。僕も手伝えばいけるけど、それだとやっぱり人手が足りないしね」

「今日もバイト希望の電話があったんですよね？　いい人がたくさん来てくれれば安泰なんですが……明日からは、センパイが帰るまではおじさんが一人で？」

「一応、前にバイトしてくれていた人に声を掛けてみて、一人だけ確保出来たよ。だから夕方まではその人が販売で、父さんがカフェスペース。多少悲惨なことにはなるだろうけど、逆にするとイートイン限定のパンケーキやパフェが作れなくなっちゃうからね」

「アルバイトの確保は急務ですねぇ。平日なのでセンパイが戻る夕方まではそこまで混まないと思いますけど」

「その時間帯は詠美ちゃんもいないしね。これからは君がいる時だけお客さんが多く来ることになるのかなぁ……」

「だから敢えてこんな風にしてみたんですけどねー」

そう言って詠美が差し出したのは、彼女のスマホだった。

往人が画面を見てみれば昨日も見たネクステの個人ページで、詠美がついさっき投稿したばかりの写真と文章が載せられている。

「何々……『これからは暇な時に気が向いたら働かせて貰うのでいつお店にいるかは分からないけど、見かけたらよろしくね』……？」

「はい。なのでわたし目当ての人は来なくなるか頻繁に来るかの二極化です。適当じゃなくてシフトはちゃんと決めておきますけど、事前情報は漏らさない方向で」

「これだと、様子見だけして買わない人も出て来そうだね。まあ仕方ないと思うけど」

「元々わたしが呼び込みたかったのは女の子だから、別にいいんです。意外と同年代のファンの子、多いんですよ？」

「へえ、そうなんだ……てっきり男ばっかりだと……」

「割合は男性の方が多いですけど、こういうのは女性の方が食いつきがいいんですよ。わたしがお気に入りのスイーツを食べて、働いているかもしれないお店に通ってと、ネクステに上げ

ているあれこれを身近に感じることを楽しむんです。わたしも似たような経験、よくあります
し」
「へえ、そういうものなんだ？」
「好きな読モとかインフルエンサーとか、結構真似てましたよ。あとは水泳をやっていたので
憧れていた選手と同じゴーグル使ったりもしましたねー」
「水着じゃなくてゴーグルなんだ……？」
「テレビで見たことありません？　本気の競泳水着って、ピッチリしている上にちょっと格好
悪いんです。太股まで覆うタイプがわたしはあんまり好きじゃなくて、だからゴーグルとメー
カーだけ真似ちゃいました」
照れ笑いを浮かべる詠美に、往人はどう返せばいいかいまいち分からず、
「……つまり詠美ちゃんのファンの女の子達は、君を見るだけじゃなくてうちのスイーツも目
当てになるんだ？」
「はい。お店に来て、わたしがネクステに上げたスイーツを自分も写真に撮ってSNSに上げ
るのも楽しみの一つなんです。以前にスマホケースとネイルと、あとコンビニスイーツの新作
プロデュースに関わらせて貰った時はそんな感じでした」
「……うーん。やっぱり高校生の口から出る内容じゃないなぁ……」
企業案件というやつだろうが、これで芸能人でもない一般女子高生というのは無理がありす

ぎる。ただ、おかげで助かっている往人には強く突っ込めない。

……と、スマホを引っ込めた詠美が往人の腕を両手で摑み、にこっと笑う。

「だからセンパイとわたしが付き合っているのが知られても大丈夫なんですよっ。恋愛禁止でもなければ売り上げにも影響しませんから！」

「え、いやー……売り上げへの影響は怖いけど、それと同じくらい周りの反応が怖いからバレたくはないなぁ……」

「……おやおや？　センパイ、それってもしかして、誰にも知られない間にひっそり別れられたらいいなと思ってます？」

「…………」

「図星ですか。センパイは嘘が苦手で可愛いですね」

そこで『可愛いのは君の方でしょ』と返すだけの余裕は往人にはなく、黙るしかない。

すると詠美は摑んでいた往人の腕を胸元にホールドするように引っ張って、

「アルバイトの人が見つかってセンパイが時間を作れるようになったら、まずはわたしに最優先で時間を割いて貰いますからね？　センパイには早くわたしの魅力にどっぷり嵌まって貰わなきゃ困るんですから」

「……困るって、何が困るのさ？」

「わたし、どちらかというと自分からぐいぐいいくよりリードして貰いたいタイプなんですよ。

デートもお任せで、どこに何をしに行くのかわくわくしたいですし、キスもセンパイの方からして欲しいですし」

「いやそれだけ言えてここまでやっておいて『リードして貰いたい』って言われても、全然しっくり来ないんだけど。それに……こんな言い方はアレだけど、リードされたいなら告白してきた他の人達の方が適任だと思うよ？」

「むむっ、それは本当に良くない発言ですよ！　センパイはわたしに告白したんですし」

「そりゃそうなんだけど、あれは事故だって君も認めてくれてるでしょ。そうじゃなくて僕が言いたいのは、選り取り見取りなんだろうからそういうタイプがいいなら告白してきた人達の中に適任なのがいそうなものだし、公表すれば積極的なのがわんさか来るんじゃない？」

「公表はしてますよ。何かのアンケートで答えたことがあります。その結果、一週間で直接間接合わせて百人近くに告られましたし」

「ひゃっ……………ええ……？」

想像を遥かに超える数に、往人は言葉を失う。今の時代、ＳＮＳで手軽に告白する人も増えていると聞いてはいるが、それにしたって桁が違う。

というか、余計に自分と付き合う理由が分からない。好きと言われても、誤爆告白した日が初対面だから全く実感もないし。

益々混乱する往人に、詠美はぐぐっと体ごと顔を寄せてきて、

「センパイにキャラチェンして肉食系になって欲しいだなんて言いませんよ。でも、センパイだって好きな相手にならば自分からデートに誘ったりキスしようとしたり襲いかかったりするでしょう？」

「……途中から本能剝き出しになっちゃってるのが気になるけど……まあ、うん、それなりに積極的にいくかな」

「でしょでしょ？　だから早くわたしのことを好きになって欲しいんですっ。時間を掛ければ絶対好きにさせる自信はありますけど、わたしにだって理想はあるんですから。求めているのと同じくらいは求められたいんです！」

「いやでも、僕は他に好きな人がいる訳だし。少なくともすぐには無理だよ」

熱意溢れる訴えに、往人はスパッと返す。

ノータイムで拒否られた詠美はぐいぐい腕を引っ張って、

「断り入れるの早くないですっ⁉　センパイ、もっと真剣に考えてくださいよー、こんなに可愛いエイミーちゃんですよ？」

「や、流石にここはそんな簡単に揺らがないよ。告白相手を間違えた責任は取るし、店のことで物凄く感謝しているけど、あっさり転ぶような想いならそもそも告白なんてしてないし」

「ううう、手強い……そういうところも好きですけどぉ……」

悔しげに唸りつつ、何故かほんのり嬉しそうな顔をする。

そんな詠美が分からなくて、往人は困りつつも摑まれている腕をやんわりと引き抜き、

「……とりあえず、今日のところはお疲れ様。片付けは僕がやっておくから、もう上がっていいよ」

「え、手伝いますよ。一人より二人の方が早く終わりますし」

「そろそろ父さんも配達から帰ってくるし、大丈夫だよ。というか、もうとっくに戻ってきていいはずなのに……」

どこぞで油を売るような父親ではないと知っているので、何かトラブルでもあったのかなと往人が心配した矢先、カランコロンとドアベルの鳴る音が聞こえてきた。

噂をすれば、帰ってきた延彦がカフェスペースに顔を見せて、持っていたキーケースと注文票をカウンターに置く。

「今日はちょっと遅かったね。何かあった？」

「……ん。いや、追加で注文をしたいと言われて。他の店にも卸して欲しいと」

「おおっ、新規の顧客ゲットですか。それはそれはおめでとうございます！」

パンッと手を合わせて喜ぶ詠美に、延彦はちょっと苦い表情を見せ、

「……いや、まあ、ね。有り難いよ」

もごもごとそう言うと、キッチンの方へと消えて行った。

何となく嫌な沈黙が流れ、詠美は心配そうな表情で往人に訊ねる。

「……わたし、何かやっちゃいました？」

「や、全然。あれ、喜んでるし照れてたんだよ。そんな風にはちっとも見えないけど」

「ふぇ〜……昨日も今日も殆ど会話の機会がないので、もしかしたら嫌われてるんじゃないかとドキドキでしたよ」

「死んだ母親は『鬼コミュニケーション』って言ってたよ。コミュ力の鬼じゃなくて、鬼とコミュニケーションを取るくらい難しいって意味で」

　数年通ってくれている常連さんが『今日の店長、機嫌悪いね？』と言っていた時が実は逆にご機嫌で浮かれていたということもあるので、息子である往人でなければ一目で察するのはまず無理だろう。アルバイトが辞めていく一番の原因が『店長と長く過ごすのが気まず過ぎて……』というものなので、かなり由々しき問題でもある。

　往人とは普通に会話出来るので慣れの問題だろうが、少なくとも数回会ったくらいだと察するのは難しいはずだ。

　……と、キッチンに引っ込んだ延彦が戻ってきて、持っていた大きめの手提げ箱をカウンターに置き、

「往人、後は任せて彼女を送っていってあげなさい」

「えっ？　や、でも、父さんはこの後も明日の仕込みがあるし……」

「店が早く終わったから時間はある。それと頼まれていた物もあるから、持って行ってあげな

さい」

それだけ言うと、詠美に会釈してまたキッチンに戻ってしまった。

残された二人は顔を見合わせたものの、花咲くような笑顔の詠美に対し、往人は苦い表情だった。

「とてもいいお父さんですねっ。お言葉に甘えて、センパイよろしくお願いします」

「……まあ、いいけど。世話になってるし、営業時間終わるまでいてくれた時は送るつもりもあったしさ」

「さっすが、優しいですね！ ところでセンパイ、この箱は？」

「ああ、昨日言ってたフルーツタルト。ご家族の分も、って」

「うわわわわっ、ちゃんと覚えていてくれたんですねっ！ 正直、今日も完売だったので諦めてたんですよ……わざわざ別に作っておいてくれるなんて、素敵過ぎる……！」

感激するように両手を組んで目を輝かせる詠美に、往人もつい笑みを零してしまう。大袈裟だが、こんなに喜ばれるのは素直に嬉しい。

「そうと決まれば急ぎましょう！ ささささっと着替えちゃいますから、しばしお待ちを！」

「そんなに慌てなくても。僕も着替えるから、終わったら店の入り口の所で待ってて。たぶんこっちの方が遅くなるから」

「了解ですっ。それではセンパイ、しばしのお別れを」

言うが早いか詠美は事務室の方へと消えていった。

あの様子だと、すぐに着替え始めそうだ。となると、事務室を通って住居スペースに戻ると、またハプニングが起こる気がする。

なので往人は店の入り口から一度外に出て、ぐるりと回って家の玄関の方へと……

「…………ん？」

店から出た直後、少し離れた道路脇にいた人と目が合った。

別に通行人と不意に視線が交錯するくらいよくあることだが、相手の男がすぐに脇道に入ったのが、往人には気になった。まるで隠れたようにも見えたし、あの道の先は行き止まりで、何軒か家とアパートがあるだけだ。

「…………まあ、念には念を入れるべきかなぁ」

呟きつつぐるりと回って家の玄関から中に入り、脱衣場でさっさと服を脱いで洗濯機に放り込み、二階の自室へ上がって私服に着替える。

準備を終えて一階に降りると、ドアをノックして反応がないのを確認してから事務室に入り、そのまま店内へと向かう。

詠美はショーケースの前でフルーツタルトの入った箱を持って待っていた。日曜なので私服だが、薄いピンクのカットソーに丈の長いスカートという、意外とシンプルな服装で、だからこそ余計に素材の良さが際だっている。

　レジのある販売スペースに入る前に詠美は往人の接近に気付いて顔を向け、ひらひらと手を振りながらも不思議そうな表情になった。

「センパイ、どうかしました？　少し怖い顔になってますよ？」

「え、そうかな？　そんなつもりはないんだけど」

「また心配ごとでもありました？　それとも、疲れているからわざわざ送るのは勘弁して欲しいなー、とか？」

　軽い口調ではあるものの、どうやら気を遣ってくれているらしかった。

　それを嬉しく思いつつ、往人は苦笑交じりに首を横に振って、

「違うよ、そんなんじゃなくてさ。外にちょっと気になる人がいたから、家の方から出ようかと思って」

「気になる人、ですか？　その感じだと美人や幽霊じゃなさそうですけど」

「男の人だよ。たぶん気のしすぎだと思うけど、有名人なら出待ちとか盗撮とかあるのかもなー、って」

　用心するに越したことはないが、それで詠美を怖がらせてしまっては良くないと、往人が言葉を選びつつ話すと、

「あー、なるほどです。じゃあお言葉に甘えて、センパイのお家の方から出ましょうか」

　すぐに納得すると、カフェスペースの方へと歩き出した。その反応に、むしろ往人の方が戸

先導して事務室から「靴を脱いで、持って上がってね」と指示をし、住居スペースに繋がるドアから家の中を経由して玄関に行き、一足先に外に出てさっきの男なり怪しい人がいないか確かめる。

それらしき人はいなかったので、安心して玄関先に戻り、

「大丈夫みたいだよ。こっちからでも表の道は使わなくても駅の方に行ける。ちょっと遠回りになるけど」

「なるほど。所謂裏ルートってヤツですね」

「いや普通に別の道使ってるだけだけどね。車の交通量が少ないから子供がよく通るし」

小声でやり取りをしつつ家のドアに鍵を掛けて、往人は詠美と二人ですっかり暗くなった夜道を歩き出した。

街灯に照らされた道は普段なら多少の通行人もいるが、今日はほぼ誰もいない。遙か前方にサラリーマンらしきスーツの男が歩いているだけだった。

「こうしてセンパイに送って貰えるのは嬉しい誤算です。実を言うと、もっと恩着せがましくしないと送ってくれないだろうなー、って思ってましたよ」

小さく抑えつつも声を弾ませて、足取りも軽い詠美の様子に、隣を歩きながら往人は戸惑ってしまう。

「……なんか随分軽いというか、あっさりしてるね？　待ち伏せされてるかもって、怖くないの？」

「そうですねぇ。割と慣れているので。学校の近くとか駅前とかでよく待たれてますし、今はなくなりましたけど、前は自宅にも自称ファンの人が押し掛けて来ましたから」

「ぅえっ⁉　そ、それ大丈夫だったの……？」

「証拠を押さえて、警察に相談するのと同時にネクステで被害を訴える投稿をバズらせましたから。なのでしつこかった人はストーカー認定されて接近禁止命令が出ましたし、遠くから写真を撮るくらいの人はもう諦めて放置してますよ」

「………はー……有名人っていうのは大変なんだね……」

「ただの女子高生でしかないわたしが一流企業や有名ブランドからオファーされて、お父さんもびっくりな高額報酬を貰えている代償みたいなものですし。そこまでプライバシーの侵害はないので、気にしなければ大丈夫ですよ。私物が盗まれる程度のことなら有名になる前からありますしねー」

「え、いじめ？　もしかして今も？」

「んー、いじめだったこともあれば、わたしを好きな男子の仕業だったこともありますよ。どちらも大事にはならずに解決しましたけど、まあちょいちょいあります」

深刻な雰囲気は全く見せずにそう話す詠美に、往人はどう反応していいか迷ってしまう。

同情はなんだか違う気がするし、安い励ましはもっと違う。

敢えて言うとすれば、

「瀧川の時も思ったけど、モテすぎるのも良し悪しだなぁ……得することの方が多いとはいえ、要らない苦労が厄介過ぎるよ」

「まあ、得することが多いのは事実ですね。最初にネクステでちょっと有名になった切っ掛けは、中学の時に水泳大会に出ていた写真で、成績は入賞止まりなのに顔だけでバズりましたから。今こうしてセンパイにあれこれ生意気にアドバイス出来るのも、インフルエンサーを名乗れる程度には有名になって、あれこれ商品開発や商売に関わった経験があるからです。普通に女子高生をやっていただけじゃ無理りんですよ」

「……なら、一番得しているのは僕か。そのおかげでうちの赤字がどうにかなるかも知れないんだから」

棚ぼた、と言うにはあまりに予想外のところから降ってきた感じだが。

ここまでしてくれることに感謝と困惑が募る往人に、詠美は「いえいえ」と軽く返し、

「わたしとしてもあのお店がなくなるのは寂しいです。センパイのお父さんのお店だから余計に特別ですけどね」

「そう言って貰えると父さんも喜ぶよ」

「もっとセンパイも喜んでくださいっ。あ、そういえばですけど、センパイは将来あのお店を

継ぐんですか？」

唐突ながら妥当な質問をした詠美は「そうなったら可愛い奥様の内助の功で……いい話です」と呟いていたが、往人はあっさりと首を横に振った。

「いや、僕は継がないよ。将来は歯科医になるつもり」

「ええっ？　それはまたどうしてです？」

「ほら、甘い物を食べると虫歯になるってよく言われるでしょ？　でも、ちゃんと歯磨きや食後のケアをすればそうそうなるものじゃないし、なったとしても治してあげればいいからさ。子供の頃に何となくそう思って、それからずっと歯科医志望なんだ」

小さい頃から大量の菓子と接してきて、今でもよく食べるからこそ、歯の大事さは強く感じる。出来ればお年寄りになっても美味しく食べられるように、ケアをする側になりたいというのが往人の夢だった。

それに、

「パティシエって大変な仕事だからさ。歯科医の方が簡単とは思ってないけど、身近であの苦労を見ちゃうとね……菓子作り自体は嫌いじゃないんだけど」

「うーん、そうですねぇ。売れなければピンチ、売れれば今度は忙しくて大変というのは、見ていてなかなかに厳しく感じさせられますよ」

「父さんみたいに菓子作りが大好きで疲れても作りたい、っていうなら別なんだろうけどね。

残念ながら僕はそこまでの情熱はないし、出来れば安定した生活がいいや」

「それでサラリーマンではなく歯科医志望というのも茨ロードだと思いますよ？　センパイ、成績の方は？」

「悪くないけど、そこまで良くもない。浪人するくらいなら諦めるつもりだったし、それ以前に店が潰れるまで追い込まれているならもう高卒で就職するか、高望みせず国公立の大学に行ってサラリーマンになろうかと検討していたところだよ」

往人にとって歯医者はなりたいがどうしてもって訳じゃない。親に負担を掛けてまで叶えるものでもなければ、難なくなれる程の頭でもない。

現実的に、手の届く範囲でやれるだけやればいい。

それが自分が凡人だと自覚している、往人なりの選択だ。

「むー……それって言い訳じゃないんですか？　ホントのホントに、心からそれで納得出来ます？」

どうやら詠美は今の返しが不満なようで、明らかに不機嫌そうだった。

そんなつもりはない往人だが、すぐにこれはチャンスだと悟る。無理なく嘘なく嫌われる絶好の機会だ。

——きっとここであれこれ言うのは男らしくないし、言い訳がましいと思われるに違いない。となれば、やるべきは雄弁。理路整然と語ればいい。たぶんそれだけで好感度はがた落ちだ。

急にやる気が漲（みなぎ）ってきた往人（ゆきひと）は、胸の内で『よし』と頷（うなず）き、

「——言い訳に聞こえたかもしれないけど、妥協は必ずしも悪いことじゃないよ。そりゃあ努力を放棄して自分の限界値を低く見積もって足掻（あが）くのを止めるのは情けないし、精一杯全力を尽くしたとは言えない。でも、本人がそこでいいと納得が出来るなら、それはそれでありだと思う」

「えー………でも、格好悪くないです……？」

「周りからどう映るか、どう思われるかより、自分の中でしっくりくるならそれを優先すべきだよ。自分の人生の責任を取るのは他人じゃなくて自分だし、人に迷惑を掛ける訳でもないのに非難される謂（い）われもないしね」

「そんなものです？　なんかこう、スポーツ漫画だと改心させられて遅れてチームメートになるキャラみたいな感じですけど」

「や、一生懸命努力するのはいいことだし否定する気なんてないよ。ただ、優先順位があるから。僕の場合、父さんの負担になったり心配させたりしたくないから、無理なくやれる範囲で頑張るって決めていただけで」

「それってお父さんを言い訳にしてないです？」

「かもね。でも、現実に父子家庭で店の殆（ほとん）どを一人で担（にな）ってる父親の姿を見て、これ以上負担はかけられないよ。無理して僕が倒れでもしたら、もし赤字じゃなくなっても父さんは店を畳

みかねないし、そうはしなくても僕が店の手伝いをするのを拒んでさらに激務を背負いこむのは目に見えてるから。言い訳に聞こえるだろうけど、自分のキャパシティを超える努力をする気はないよ」

何とも情けない宣言をして、往人は清々しい気分だった。

これはもう間違いなくイメージダウンだろう。自己弁護なんて大抵はうざいし、往人も不言実行タイプが好きだ。馬亥兎みたいに有言実行するならいざ知らず、やらないことを堂々と言うなんて最悪すぎる。

これには詠美もドン引きしたに違いないと、隣を歩く彼女の横顔を見てみれば、

「……センパイって、大人なんですね」

「…………うん？」

少し思っていた反応と違い、往人は困惑する。

今のセリフ、醒めてしまって出たものとも捉えられるが……それにしては、詠美の表情が曇っていない。

どころか、街灯の頼りない明かりの中でも分かるくらい、瞳が輝いていた。

「周りにいなかったタイプの考え方です。なるほどなー、がむしゃらにやって倒れる時は前のめり……っていうのが格好良いと思ってましたけど、それで自分も家族も不幸になったら意味ないですもんね！」

「え、あ、うん……や、でも、僕はそうするってだけで、それが姿勢として正しいとは限らないんじゃないかなー、って……」

おかしな流れになりそうなのを感じて自分を下げるよう軌道修正を図る往人だったが、詠美の爛々とした笑顔は北極星ばりに揺らがず、

「わたしも少しばかりお仕事してますし、中学まではそこそこ本気で水泳やってたので、言いたいことは物凄く分かりますっ。そうなんですよねぇ、結果が出ないのは練習が足りないからだって言われても、オーバーワークで壊しちゃったら元も子もないし、本気で練習すれば疲れ果てるのが当然なのに無理して勉強もしたら、いつの間にか寝落ちして全然頭に入ってないし……棚上げする訳じゃないですけど、無理なものは無理ですよねっ⁉」

「え、あ、はい……そう思う、よ……？」

「機械なら耐久性とか無茶な使い方したら壊れると皆納得してくれるのに、人間は倒れて体か精神に大ダメージを負うまで限界じゃないって風潮がありますよね。わたしもそういうの嫌いです！」

「そ、そう？　同意してくれるのは嬉しいけど……ほら、僕は単にサボりたい口実にしているだけかもよ……？」

ついに自分からそんなことを口走ってしまう往人だったが、残念なことにその可能性は詠美の方が否定してしまう。

「センパイがそういう人なら、毎日のようにお店の手伝いなんてしてないですよ。昨日も今日も殆ど休憩なしで働いていたのに愚痴もなければ辛そうな顔もしませんでしたし」

「それはほら、あんなにたくさんお客さんが来ることなんてなかったから、つい張り切っただけで……」

「そこで張り切っちゃうような人が逃げの口実なんてわざわざ口にしませんよ。言わなくていいようなことをわざわざ言っちゃうセンパイだから信用に値するんです」

どういう訳か、勝手に見込まれてしまっていた。そんな流れじゃなかったはずなのに、どうしてこんな結論に至ってしまったのか。

ここからでも挽回して最低男に成り下がれないか必死で考える往人に、詠美は弾むような足取りになりかけたのを手に持つケーキの箱を気にしてステップを踏み直し、

「というか、わたしが訊きたかったのはどちらかというと、すぐに根性論で限界突破させようとする人をどう思うかって方でしたから」

「……そ、そうなんだ？」

「はい。ちなみにですけど、お姉ちゃんはバリバリの根性論派です。あんなデータ主義みたいな雰囲気してますが、インドア系肉体派ですよ」

「何それ、聞いたこと無いジャンルなんだけど？」

「出不精かつ屋内スポーツが好きなんです。卓球とかバドミントンとか武道とか。昔の名残で

今も毎日ランニングと筋トレは欠かさないんですよ」

「それはまた、意外な……」

普段のゆかりからは全然想像出来ない。ただ、細く見えて本の整理の時にテキパキと大量の本を運んでいたので、納得もいく。

予期せぬ形で想い人の新たな一面を知った往人だったが、隣にいる彼女の妹はにんまり笑い見つめてきた。

「ところでセンパイ。駅までじゃなくて、ちゃんと家まで送ってくれますよね？　わたしの家、駅から十分ちょっと歩いた所にあるんですよねぇ」

「……まあ、そのつもりではあったから構わないよ。どこの駅か知らないけどさ」

「ここから学校側に二駅です。なので電車にスムーズに乗れれば、家から学校まで三十分くらいで行けるんですよ。それが決め手で選んだくらいですし」

「分かる。遠いと朝が大変だからね。でもここから二駅だと、店からは自転車か原チャリの方が早そうだ」

「自転車は持ってますけど……もしかしてセンパイ、原付持ってるんですか？」

「普通二輪の免許ならあるよ。うちに父さんのビッグスクーターがあるから、それで配達に行けるように取ったんだ。まあ、車で配達する方が多いし、父さんより僕が店に残る方がいいから殆ど使ってないけど」

「おお……なら二人乗り出来るってことですね！　やたっ、今度ツーリングデートしましょうよ！」

「いや無理、二人乗りなんて怖くて出来ない。もう免許取って一年は経つけど、機会がないから数回しか乗ってないんだ」

「むー……なら仕方ありませんね。じゃあ夏休みまでに練習しておいてください。そしたら旅行にも行けますし」

残念そうな顔をしたと思ったらすぐに切り替えて明るい話題を出す詠美に、往人は「善処するよ」と玉虫色の返事をしつつ、そのポジティブさに舌を巻く。

というか、夏まで付き合い続けるつもりな上に、あの口振りだと泊まる気だ。一応付き合っているとはいえ、出会って数日の男と旅行する気満々なのが怖い。

さっきの会話でイメージダウンさせるどころか、逆に余計気に入られた感じもするし、一筋縄ではいかない女の子だ。

……と、恐れ入っている往人の肩を詠美が指で突っつき、

「ところでセンパイ。わたしの家の最寄り駅、降りたことあります？」

「あー……ないかな。近くになら自転車で行ったことあるけど」

「じゃあ知らないかもですね。駅周辺には飲食店が多くて、ちょっとした歓楽街もあるんですよ。所謂、オトナなお店ってやつです！」

「…………あんまり役に立たなさそうな情報だけど。それで？」

「その手のお店があるせいか、カップル向けのホテルもいくつかあって、しかもそれがわたしの家に行く途中にあるんです」

「………………それで？」

「もう、鈍いですねぇ。だからセンパイさえその気なら、二人で寄り道休憩していくというプランも――」

「ないからさっさと帰るよ。寄り道していると箱に仕込んだ保冷剤の効果も切れるからね」

「おおっと、それは一大事ですね。流石に二人でワンホールは食べ切れませんし、今日のところは大人しく直帰しますか」

詠美が食欲優先してくれたことに内心でほっとしつつ、往人はこっそり自分の胸に手を当ててみた。そんな感じはしたが、鼓動が激しい。

あんな見え透いた誘いに動揺してしまう自分が恥ずかしくて、往人は駅まで残り僅かの道のりを気持ち足早に歩いた。

◇　◆

電車待ちで三分、乗り込んでから二駅で七分の片瀬川駅で降りて、詠美の話していたやたらとネオンで主張が激しいホテル街を通過してからもう数分。

「ということで、ここがわたしの家です！」

案内されて辿り着いたのは、何階建てかパッと見では分からない高層マンションだった。

今の家の前は往人もマンション住まいだったが、そことは明らかにグレードが違う。オートロックだしロビーがあるし、おまけにホテルのフロントみたいなものまである。

「あれが噂に聞くコンシェルジュってやつか……！」

「噂になってるんですか？　でも、住んでみるとあんまり利用はしないですよ。上層階に有料で使えるシアタールームやパーティーフロアがあるので、その手の施設を利用する人達がたまに予約しているのを見ますけど、わたしは全然です」

「そもそもそんな施設があるってこと自体が凄いと思うんだけど……」

「知り合いの起業家さんに訊いたら、本当のセレブが住むような高級タワーマンションにはジムやプールがあったり、カフェやバーまであったりするそうですよ。それに比べたら普通のマンションです」

「……いや全然違うと思うけど」

比較対象がおかしいと、詠美は気付いていないらしい。

有名になって一年かそこらでこの価値観にはならないだろうから、そもそも裕福な家庭なんだろう。

そういえばゆかりも一々本に持参のブックカバーを掛けて読んでいたなと思い出しつつ、往人は改めて背の高いマンションを見上げてから、

「まあいいや、送るのはここまでで大丈夫だね。それじゃ、お休みなさ——」

「ちょぉおっと、ストップですよセンパイ！　折角だから上がって行かないんですかっ？」

「いかないよ。ご飯時に迷惑になるし、無事に送り届けるのが目的だったんだから」

「くっ……なんてしっかりした常識を……！　ですがお姉ちゃんに挨拶くらいはっ？」

「うっ…………いや、ないな。ここまでならともかくわざわざ家まで押し掛けたら、先輩も僕をそのまま帰らせるのは無作法だと思って渋々招き入れるしかないだろうし」

そんな面倒な思いをさせたくないというのが往人なりの気遣いだ。……ついでに言うと、『妹の彼氏』として対応されたらダメージが深そうで、まだ望みを捨て切れていない身としては今の関係性を強調したくない。

「とりあえず、今日は帰らせて貰うよ。父さんに全部任せっきりなのも拙いし」

「むー……そこを出されるとわたしも退かざるを得ませんね。仕方ありません、うちに上がって貰うのはまた後日にしましょう。ちゃんと両親がいない時にでも」

「……どうして『ちゃんと』で不在時を選択するのか分からないけど、タイミングが合えばね」

一応付き合っているのだから、挨拶をする義理はある。経緯を含めて説明が大変だが、もし

かすると味方になってくれるかも知れない。『大切な娘がこんな男と付き合うだなんて！』と大反対される可能性もある訳だし。

……ただ、そうなると同じく『大切な娘』のゆかりとの関係も難しくなるので、上手く立ち回らないといけない。

簡単にはいかないことばかりでげんなりしていた往人は、だからそれに気付くのが遅れた。

先に気付いたのは詠美で、不意に視線を横に逸らした。二人がここに来た道とは反対方向を注視して、『おや？』という風な顔をする。

それを見て往人も釣られるように視線の先を辿ると、向こうから誰かがやって来る。軽快にランニングをする人影が、外灯とマンションの明かりに照らされて姿を露わにして行き……

「ああ、やっぱりお姉ちゃんでしたか」

「……詠美と、瀬尾君……？」

現れたのは上下ジャージを着たゆかりだった。頭に白いヘアバンドをして、軽く息を弾ませている。

ゆかりの誰か分からなかったというよりは『どうしてここに？』というニュアンスに、往人はすぐ答えようとしたが、それより先に詠美が腕に抱き付いてきた。

「お仕事が早めに終わったので、センパイに送って貰ったところです。残念ながら寄っていってはくれないみたいですけど」

「……そう。わざわざご苦労様。この子、迷惑掛けてない？」

「むっ、聞き捨てなりませんね。わたしがどれだけお店の再建に役立っているか、自分の口からは憚って言わないだけで、そりゃもう凄いものですよ？」

「十分にアピールしているじゃない。それに、役に立つのと迷惑を掛けるのは両立するわ。忙しくなったなら尚更でしょう？」

姉の反論に、詠美は不満げに唇を尖らせる。自分ではこうはいかないので、流石は先輩と往人は心の中で拍手してから、

「いも……詠美ちゃんには凄く助けられてますよ。父さんも、あんなにお客さんがたくさん来たのは初めてだって大喜びで」

「フフーン、どんなもんです？　今日だってご褒美に、これっ。特製のフルーツタルトを頂いたんですから！」

どうだと言わんばかりに持っていた箱を突き出す妹に、ゆかりはしばし箱を見つめてから往人へと視線を移す。

「あまりこの子を甘やかさないでね。一応、彼氏なんでしょう？」

「う………はい、気を付けます」

「それじゃ、先に戻っているから。マンションの前であまり話し込まないようにね」

忠告を残し、ゆかりはマンションの中へと消えて行く。

好きな人に素気なくされて往人は気落ちするが、同時に、

「……城之崎先輩の私服姿、初めて見たなぁ……」

そんな些細なことが嬉しくもあり、思わず頬が緩む。

……と、掴まれていた腕が強く引かれ、見ればさっきよりも更に不満そうな顔をした詠美が至近距離から睨んでいた。

「センパイ、にやにやしすぎ。あんなのでいいなら、わたしが体育の時間に見せてあげますよ」

「あ、いや、別にジャージ姿が好きって訳じゃ……」

「尚更悪いですっ。もう、センパイにはもっとわたしの魅力を知って貰う必要がありますね……！」

強い意気込みと共に、詠美は腕を放して身を翻し、

「手始めに胃袋から掴むとしましょう。センパイ、明日のお昼はわたしが作って持って行きますから、お腹を空かせて待っていてくださいねっ」

「ええっ!? そんなのしなくていいよ、わざわざやらなくても別に、」

「いっつもおにぎりだけだって知ってるんですから。明日はおかずたくさん色とりどりで、センパイをあっと言わせてみせますからね！」

やる気に満ちた目で宣言すると、詠美はマンションの中へと小走りで入って行く。

そして自動ドアをくぐる前に振り返り、「それではまた明日、おやすみなさい！」と元気に別れを告げて、オートロックの向こう側へと姿を消した。

ぽつんと立ち尽くす往人(ゆきひと)は、しばしそのままでいて、

「……おにぎり好きだから、本当に大丈夫だったんだけど……うーん……」

あんなやる気を見せられたら、まさか『じゃあおにぎり作って来てよ』と言う訳にもいかない。プライドを傷つけそうだし、逆に簡単だから毎日持ってこられても困る。

とりあえず明日は昼食を摂(と)る場所を選ぶ必要がありそうだと考えながら、往人(ゆきひと)は一人帰路に就いた。

四　人にはルーツがあるもので

図書委員の仕事は基本的に開放時間内の貸し出し業務だが、本の修繕や寄贈本の内容や汚れのチェック、リクエストの集計などもする。

基本的に図書委員は二人組体制なので、もし何か追加の仕事がある時は一人が貸し出しの通常業務、もう一人が別作業に当たることが多いし、稀に利用者が全くいない時は二人でやってしまうこともある。

逆にいうと、担当の図書委員は二人共図書室に詰めるようになっているので、もし図書室の外に行く仕事がある時は、他の図書委員に助っ人を頼んでおくのが通例になっていた。

例えば、購入した新刊とは別口の、個人から寄贈されて事務室に届いた本を図書室まで運ぶ時などで——つまるところ、今のゆかりが、それだ。

「……城之崎先輩。またですか」

「…………」

早々に昼食を終えて図書室に行こうとしていた往人が咎めるように言うと、階段の踊り場にいたゆかりは一瞬気まずそうな顔をして、目を逸らす。

下に置かれた段ボール箱を見れば、状況は一目瞭然だ。おまけにゆかりは前科がある。司書の先生が『希望者を募って何人かで運んでね』と言っていたのに、黙って一人でやってしまったことが。

その時は図書室まで運んできたのを見て、当番の図書委員と一緒に『言ってくれれば僕らがやるか手伝うかしますから、次からはちゃんと声を掛けて下さいよ』と言い含めた。

……はずなのだが、

「全く……どうして最上級生が率先して大変な仕事してるんですか。こっちに振って下さいって言っておいたのに」

「……わざわざ他の人の手を煩わせるまでもないかと思ったの」

ばつが悪そうに話すゆかりの足下にある段ボール箱を、往人は開けて中を確認し、

「うわ、こんなにたくさん入って……無理ですよ、これ」

「そんなことないわ。ここまでは運んで来れたのだから、理論上いけるはずだもの」

「無理することでもないですって。僕がこっち側を持ちますから、先輩はそっちをお願いします」

往人がしゃがみ込んで段ボール箱を抱えると、数秒の躊躇いの後でゆかりも応じてくれた。

「……ごめんなさい。手間をかけさせてしまって」

「気にしないで下さい。というか、むしろ一人でやろうとしたことを反省して下さいよ」

「本当に大丈夫だと思ったのよ。階段までは余裕があったくらいで」

そうは言うが、二人で持っていても指が悲鳴を上げるくらい重い。むしろよくぞここまで運んだと感心する。

細腕に見えて意外と力があるのは委員の仕事をしていて知ってはいたが、往人(ゆきひと)としてはもっと頼って貰(もら)いたかった。

とはいえ、それを口に出すのは気障(きざ)すぎるんじゃないかと迷っていると、

「……今日はあの子と一緒じゃなかったのね」

「えっ？　ああ、はい。約束もしてなかったですし、あんまり目立つと色々面倒なので」

だから昼休みになるのと同時に教室から逃げました、とまでは言わない。女の子から逃げ隠れしているなんて情けないので。

つい先日、ゆかりには詠美(えいみ)と二人で彼女の手作り弁当を食べているところを目撃されているので気になったのだろうが、ここ数日は昼も放課後も会っていなかった。

……と、ゆっくり階段を上りながら、ゆかりは眼鏡越しにじっと往人(ゆきひと)を見つめてきて、

「もしかして、あの子と上手(うま)くいってないの？」

「えっと……どちらかというと、僕が一方的に距離を取っている感じで……」

「どうして？　あんなに可愛(かわい)くて積極的で愛想(あいそ)も良くて、嫌う理由がないでしょう？」

後半は言いながらほぼ睨んでいる状態で、往人は苦笑を堪えるのが大変だった。前も思ったが、シスコン扱いされても仕方ない溺愛っぷりだ。

大事な妹が心配なのがとても伝わってくるものの、圧力が強すぎる。一年以上の付き合いがなければ怯んでいたに違いない。

ただ、往人にとっては本来告白するはずの好きな相手なので、変に取り繕って誤解を生むのは嫌だった。

「詠美ちゃんは可愛いと思いますけど……やっぱり、僕は他に好きな人がいるので。本人にもちゃんと言ってはいても、変に期待を持たせるのも良くないですし」

「あの子よりその本命の方がいいっていうの？」

静かな口調で、ゆかりからの圧力が増す。挟む形で段ボール箱を持っていなかったら、物理的に詰め寄られていたかもしれない。

可愛い妹が劣っていると言われているようで業腹なのかもしれないが、まさか『本命はあなたです』とも言えないので、往人は少し言葉を選んで、

「こんなこと言うのは恥ずかしいですけど……告白しようとしたくらい好きな人なので。や、勿論詠美ちゃんは可愛いと思ってますよ？」

「……可愛いのが分かっているのならいいけれど。他にも良いところは沢山あるし。見た目だけじゃないのよ。性格だって――」

「わっ、先輩持ち上げ過ぎですっ⁉」

「これくらいじゃ全然足りてないわ！」

「じゃなくてっ、段ボール！　傾きすぎてて、重っ……⁉」

「…………あら」

思いっきり往人が後ろに傾くくらい段ボール箱が持ち上げられて、階段の途中だったので危うく倒れて転げ落ちるところだった。

事故る寸前でゆかりが力を抜いて高さを戻し、気まずそうに頭を下げる。

「……ごめんなさい。少し取り乱したわ」

「や、大丈夫だったのでいいですけど……城之崎先輩は本当に詠美ちゃんが好きなんですね」

「大事な妹なのは間違いないわ。過保護気味になってしまうのは、小さい頃は喘息持ちだったのと、変な男に付きまとわれたり誘拐されかけたりしたこともあるからかも」

「うわ……可愛いすぎるのも大変ですね」

「全くね。瀬尾君も、付き合っていることが広まったら大変よ？　あの子、男子だけじゃなくて、意外と女子のファンも多いの。だからあまり明け透けにイチャイチャするのは良くないわ。隠れてやるのも、それはそれでどうかと思うけれど」

しっかり釘を差してきたのは、あの手作り弁当を食べていた時のことがあるからだろう。

往人としてはあれは本意じゃないと弁解したいところだったが、ゆかりの視線は厳しく、

「……以後、気を付けます」

そう言うほかなかった上に図書室に着いてしまい、挽回の機会もなく。

おまけに、

「手伝ってくれてありがとう。とても助かったわ」

ゆかりからわざわざ頭を下げて礼を言われるだけで浮き足立つような気持ちになるのだから、自分はどうしようもなく単純なんじゃないかと、往人は一人になってから自己嫌悪する羽目になった。

◇　◆

往人が人生初の告白を誤爆で成功させるというとんでもない珍事から、早くも十日以上経過した。

詠美効果は凄まじく、最初の土日に比べれば平日の客数はかなり落ち着いたものだったが、それでも今までの三倍近い来客があり、電話やネットでの注文もかなり増えている。

しかも平日に予告なしで詠美が働きに来て、それをネクステに投稿してからは『もしかしたら今日もいるのでは？』という期待からか、連日通う客も出始めた。

アルバイトに応募してきた人数も増えて、その中から学生二人、フリーター一人、パートを一人雇い、客減らしの原因である延彦の接客機会がかなりなくなった成果も出始めている。人件費があるので大したプラスにはなってないが、製菓に集中させられるのと回れ右で帰る客が大幅に減るので、長い目で見れば大収穫に繋がるはずだ。

……ということで、店の方はよもやのV字回復で黒字化している中、往人は――

「師匠。お昼、食べないんですか？」

「………食べる、食べるよ……昼休みはあと何分ある……？」

「まだ二十分以上残ってます。それから、これを。梅昆布茶です」

机に突っ伏していた往人の前に、湯気の立つ紙コップが置かれる。のそのそと体を起こし、有り難く淹れて貰ったお茶を一口飲んで、深々と息を吐き出した。

「はー………ありがとね、小松原さん。おかげでかなり回復したよ」

人心地ついて、往人はこの部屋の主でもある細雪に礼を言う。

ここは理科実験室の隣にある小さな空き教室で、半分くらいは倉庫代わりに使われている。同時に天文同好会の活動場所でもあって、細雪はその会長をやっていた。

とはいえ、細雪以外は幽霊部員だし、活動らしい活動はしていない。単に細雪がこの教室を部室として私的に利用する為に同好会の体をとっているだけだ。

放課後はともかく、昼休みになると細雪は大体この部室に来る。往人はそれを知っていたので、アポなしでここに避難しに来た。

梅昆布茶の香ばしさで食欲が湧いてきたところで持参したおにぎりを食べ始めた往人に、もう食べ終えたらしい細雪は向かいにパイプイスを置いて座り、同情の視線を向けてくる。

「その様子だと、師匠がエイミーと付き合いだしたというのも嘘ではないみたいですね。クラスの馬鹿女達がボクにまで訊いてくる時点で全くのガセではないと思いましたが」

「あー……………うん、一応付き合っているよ。ただ、本意じゃなくて、なのに世話になりまくりだから対処に困ってる」

「エイミーの方が師匠に付きまとっていると聞きましたが、噂通りですか。でも、ガセネタも広がりまくってますよ。師匠がエイミーの弱味を握って脅しているとか、催眠術で支配しているとか」

「無茶苦茶だなぁ……まあ、釣り合いが取れてないのは僕も重々承知だし、むしろ僕なんかと付き合わない方がいいって説得してくれたら助かるのに」

……と言いつつも、彼女が友達の助言で改めてくれるとは、往人も思っていない。そんなに簡単なら姉のゆかりが言い含めているから、とっくに心変わりしているはずだ。

この一週間だけでも詠美は往人の教室を計五回訪れている。昼に放課後に、その度にかなりの注目を浴びて大変だ。

せめてこっそりと付き合うのなら……と思いはするが、向こうにそんなつもりは更々ないと分かっている。往人が乗り気じゃないと理解した上で、本丸を攻めると同時に外堀も埋めて、逃げ場を削っているのだ。

そこまでするだけの情熱がどこからきているのか、往人は不思議で仕方ない。

今日は詠美が来る前にと、授業が終わるのとほぼ同時にこの部室に退避してきたが、細雪にも迷惑をかけてしまいそうだ。

ただ、当の細雪は前傾姿勢になりながらまじまじと往人を見つめ、

「師匠はエイミーから逃げているんですか？　あんなに可愛くて、性格も悪くないと聞きますが。実際は違うと？」

「……いや、噂の方はよく知らないけど、かなりいい子だよ。少なくとも僕は嫌な思いをしてない。しんどい思いはしてるけど」

「なるほど、複雑な事情があるということですね。でしたら、ボクに役立てることがあれば何でも言って欲しいです！」

珍しく張り切った様子の細雪に、往人はどうしたもんかと迷う。

詠美と別れる為には、嫌われるか愛想を尽かされるか、もしくは他に好きな人が出来るかだろう。ただし最後のは往人にはどうにも出来ない。良さげな相手を紹介しようにも、瀧川馬亥兎というスペシャル優良物件を袖にした子に、誰を引きあわせろというのか。

それは細雪にとっても同じだろうし、となれば必然的に頼めることは、

「……小松原さん。詠美ちゃんと親しくなって、僕が如何に最低でつまらなくてとるに足らな

い奴か、吹き込んでくれる？」

「無理だし嫌だし不可能です。ショウジョウバエ以下のボクが言ったところで何の説得力もないですし、そもそも師匠の悪口なんて嘘でも言いたくないですから」

頑として聞きません、と強い意志を感じさせる物言いで、往人はそれ以上頼むのを止めにした。

諦めて再びおにぎりを食べ始める往人に対し、幾らかの沈黙の後で細雪が首を傾げて訊ねてくる。

「師匠はどうしてエイミーと別れたがってるんです？　いいじゃないですか、あんな美少女に好かれているなら」

「そうはいってもね。例えばだけど、小松原さんが瀧川から告白されたら付き合う？」

「無理。気持ち悪いこと言わないでくださいよ……！」

「いやそこまで拒否らなくても。瀧川が良い奴なのは小松原さんも知ってるでしょ？」

「知ってはいても絶対無理です。あの干支男が嫌いというより、生き物として相性が最悪なんですよ」

「うーん……全く分からないとは言い切れないのが、何とも」

「陽の者とは相容れないんです。あの眩しさはボクにとって毒でしか…………むっ？」

忌々しげに語っていた細雪だが、ドアをノックする音に反応し、口を閉ざしてそちらを向く。

『どうぞ』とは言わない。誰かは知らないが迎え入れたくない気持ちの表れだろう。

代わりに往人が返事をしようかとも思ったが、口の中のおにぎりを飲み込む前に、勝手にドアは開いた。

そして顔を覗かせたのは、噂をすればとでも言うべきか、

「おっ、やっぱここにいたかー。一発で当たるとはオレの勘もなかなかだな」

「……瀧川？　どうしてここに……いっ⁉」

「わたしが頼んで探して貰ったんですよ」

背の高いイケメンの後ろからひょこっと現れたのは、負けず劣らずの美少女だった。ほぼ毎日顔を見ている彼女の笑みは、『逃げ隠れしても無駄ですよ？』とでも言いたげだ。

「な、な……何でわざわざ、探して……？」

「いえ別に。単にお昼をご一緒しようとセンパイの教室まで行ったらいなかったので、待っていたところに戻られた瀧川先輩が、たぶんここだろうと案内を」

「お前の席に座ってたからさー……あれ？　拙かった？」

「……ろくなことしない……勝手に入ってくるし……」

そうだよと頷けない往人の代わりに、細雪が愚痴る。ただしいつの間にかイスから離れ、往人の背後にしゃがみ込んで隠れながらだ。

そんな細雪に馬亥兎は怒りもせず、あっけらかんとした表情で壁に貼られた天体図を見て、

「いいじゃんか、オレも同好会のメンバーなんだしさ」

「……チッ。人数が揃っていたらいつでも首にしてやるの………に……？」

いつもながら馬亥兎に厳しい細雪だったが、不意に語気が弱くなる。

何故なら部屋に入ってきた詠美が往人の前まで来て、肩越しにじっと細雪のことを見始めたからだ。

「…………ほうほう。これはこれは……」

「ひぐっ……⁉　………な、なん……？」

じっくりと見られてあからさまに挙動不審になる細雪だが、詠美は構わず見続ける。

「また小柄で可愛らしい方がいたものですね。センパイ、もしかしてこっそり囲っている愛人ですか？」

「どういう発想なのさ。彼女は友達というか何というか……」

「ぼ、ボクは師匠の押し掛け弟子で…………そんな大それた関係性では……」

人見知りが発動し小声で話すのが関の山になる細雪だが、往人としては単純に友達か知人で済ませて欲しかった。同級生で師匠と弟子なんて意味不明で、説明が必須になる。

当然、詠美も訳が分からないと眉を顰めていたが、そこで助け船を出したのは馬亥兎だった。

「さっさーは前、ゆっきーに助けて貰ったことがあるんだと。そっから懐いているんだよ。なあ？」

「……間違ってはないけど、偉そうに語らないで」

「ちなみにさっさーとオレは小学校から一緒で、中学の時は三年間クラスメートだったんだ。見ての通り、全く打ち解けてないけど」

「へー、瀧川先輩もつれなくされることがあるんですね。それにしても、どんなピンチを救ったら師匠と呼ばれるまで懐かれるんですか？」

「や、大したことはしてないよ。ちょっと仲裁しただけで……」

「師匠はボクを薄汚い女共の苛めから助けてくれた大恩人です！　だから生涯慕うと心に決めているんです！」

往人の陰に隠れながらも大きな声で言い放った細雪に、詠美はやや目を丸くして、

「おや……苛め、ですか。それを、センパイが助けて？」

「ただの成り行きだよ。偶々現場に出会して、相手の子達と少し話をしただけ。小松原さんからすれば大事だったとしても、語るほどの出来事じゃないよ」

　それは謙遜ではなく、本気で思っていることだ。

　――去年の秋。校舎裏で細雪が四人の女子に囲まれ、半笑いで罵詈雑言を浴びせられている場面に出会したのは、結果的には幸運だったと思うが、当時の往人にとってはついてない出来事だった。

　その日は図書委員の仕事があったので体育の授業後に手近なトイレで着替え、そのまま図書

室に向かおうとしたところ、渡り廊下を通る時に争うような声が聞こえてきた。

気になって見てみれば、校舎の陰で四人の女子がしゃがみ込んだ女子を囲んでいる光景が目に入ってしまい……見た以上は、もう仕方ない。

首を突っ込んだ結果、女子達に嫌われて陰口を叩かれるようになり、自称弟子が出来た。

あれ以来、細雪は苛められてはいないらしい。そこは心から良かったと思えるが、もっと良い解決の仕方もあったはずだ。学校で往人達以外とは誰とも喋らず、他の生徒や教師から腫れ物扱いされている。

とはいえ、後悔まではしていない。自分の程度は把握しているので、あれがあの時やれるベターな行動だったと往人は消化していた。

「そういやゆっきーが正論マンって言われだしたのもあの頃からか。あと、一時期ゆっきーとさっさーが付き合ってるって噂も流れたな」

「ほほう？　それはそれは……ええと、そこの可愛らしい先輩？　わたしは城之崎詠美と言いますが、先輩のお名前は？」

更なる興味を抱いてか目を輝かせて訊ねる詠美に、細雪は見る見る内に赤面しながら口をもごもごと動かす。

「う………こ、小松原、細雪……」

「では小松原先輩。ぶっちゃけ、どうなんです？　わたしのセンパイと付き合っていた過去や付き合いたい未来の方は？」

「な、ないない、そういうのと違うから……！　ボクは師匠を敬愛しているだけで……」

慌てて首を横に振る細雪を、詠美は静かに観察し続ける。

一方、分かってはいたもののハッキリ否定された往人はというと、少しだけホッとしていた。

色恋沙汰にまるで縁のない人生だったのに、これ以上は事故渋滞でどうにかなってしまいかねない。

同時に複数と付き合える人って実は凄かったんだなぁ……と妙な感心をしていると、詠美は右手を頬に当てて不思議そうな顔をする。

「うーん……慕っているのに『好きだー、付き合いたい！』ってならないんですか？」

「……師匠とはそういうのじゃないし。付き合うとか有り得ない」

「ではでは、もしセンパイが『頼むからヤらせてくれ』と土下座してきたら？」

「…………そ、それだけだったら、まあ……ボクも興味無い訳じゃないし、後腐れなしなら……」

「なるほどなるほど。うん、理解しましたっ。どうやら小松原先輩はセーフの方みたいですね！」

納得したのか大きく頷く詠美だったが、往人は逆だ。まるで意味が分からない。

「……やー、女子同士の会話は過激だなー。ゆっきー、どう思う？」

「………世の中、知りたくないことってあると思った」

「オレもたまに思うわ。フられたりテストが返ってきたりする時とかに」

同意する馬亥兎だが、すぐに何かを思い出したように「そうだ」と呟き、

「エイミー、ゆっきーに話があるんじゃなかったのか？　ぐだぐだしてると昼休み終わるぞ」

「おおっとそうでした、新たなライバル出現かと思って、つい……センパイセンパイ、今日の放課後についてちょっといいですか？」

「……仕事で直帰だから、特に話すこともないと思うけど」

にこっと微笑むその可愛らしさの前で拒否するのは凄まじい難易度だが、心にダメージを負って荒みかけている往人は素気なく返す。

しかし詠美は笑顔を崩さず、

「ところがです。本日、センパイはお休みなんですよ！」

「は、あ？　何で？　どうして？」

勝手に決められて困惑しながら往人が問い質すと、詠美は反応を楽しむように顔を近付けてきた。

「今日はバイトさん二人に加えて、先日手伝ってくれたパートさんも来て、仕事に慣れるまで面倒みてくれるみたいです。だからセンパイは休んでもいいと、おじさんが」

「え、父さんが!?　僕には何も言ってないのに？」

「パートさんが来てくれるかどうか、分かったのがついさっきなんですよ。なのでセンパイが仕事を休めるタイミングがあったら教えてくださいとお願いしておいた甲斐あって、連絡してくれたんです」

「い、いつの間にそんな密約を……」

「ふふふ、将来のことも考えて根回しは順調なんです。……ということで、センパイ。今日はわたしに付き合ってくださいな？」

「……まあいいけど……」

ちっとも乗り気じゃないが、複雑な関係性があるので無碍には出来ない。

それに、ある意味チャンスだ。つまらない男だと思われれば、謎の好意も醒めるかもしれない。

自慢じゃないが女の子を楽しませる自信なんて全くないので、往人は気を取り直して——

「ではセンパイ、放課後に校門前で待ち合わせで。今日はちゃんと、我が家にご招待しますから」

「うん、分かっ…………………家？」

思わず聞き直した往人に、詠美は何も言わなかった。

ただ、その顔に浮かぶ天使の微笑みを見れば、否定の意味合いはどこにもないと一発で分かる。

そして詠美は踊るようにターンをして、

「それではセンパイ、放課後を楽しみにしてますねっ」

言うだけ言って、天文同好会の活動部屋から去っていく。

一緒に来た馬亥兎も、この部屋の暫定主の細雪も、往人と同じでぽかんと見送ることしか出来ず……

「……家……若い二人が……しかも付き合い始めたばかり……」

「……師匠とエイミー……若さ故の暴走……何も起こらない訳もなく……」

二人が自分の方を見て意味深すぎる呟きを漏らすのに、往人は笑って否定しようとし……上手く出来ず、頬を引きつらせて固まってしまった。

◇　◆

小学生の時は友達の家によく遊びに行っていたが、中学生になると頻度はかなり減り、高校生になってからというと一度も経験がない。それも女の子の家となると、小学生の時だけで中学に上がってからはない。

そんな往人にとって、久し振りの他人の家――そして、初めての彼女の部屋。

玄関を潜る前から緊張は凄まじいことになっていた。

「どうぞ、センパイ。急だったので大して掃除もしてませんけど」

「お、お邪魔します……」

招かれて上がった城之崎家は、豪華というより落ち着いた雰囲気の内装だった。

ただ、高級感はしっかりある。マンションの共有通路はホテルみたいに絨毯張りだったし、エレベーターを乗るのにもキータッチで認証が必要だったから心の準備は出来ていたが、まず玄関が広くて綺麗なところからして普通とは違う。

詠美が「こっちです」と先導してくれるが、お化け屋敷に入る時くらい心臓がバクバクいっている。その理由の一つが、玄関に全く靴が置かれていなかったことだ。

「ええっと……その、今日はご家族は……？」

「両親は共働きなので夜まで帰って来ないですよ。お姉ちゃんは、その内帰ってくるんじゃないですか？」

「な、なるほど……」

親が留守というのはなかなか緊迫感のある情報だったが、ゆかりが帰ってくると知って、多少は気が楽になる。シチュエーション的に顔を合わせたくはないが、それはそれだ。二人きりよりずっといい。

ほんの少しだけ冷静さを取り戻した往人は、タイルの床を慎重に歩き、詠美が「ここですよ」と開いたドアの中へと入る。

「………へえ……女の子の部屋って、こんな感じなんだ」

漠然とあったイメージと違い、詠美の部屋はピンク系の色があまりなかった。ベッドのシーツはたくさんの犬と猫のイラストが描かれたもので、カーテンは深めの青。

机は化粧台も兼ねているのか正面に大きめの鏡が付いていて、隣には収納ボックスが置かれていた。腰の高さまであるクローゼットの上には数種類のぬいぐるみと謎の美容器具が並んでいて、床には円形の白いラグと大きなクッションが二つ。

他にも細かい物はたくさんあるが、手狭な感じは全くなかった。往人の部屋より一回り以上は広いからかも知れない。

「少し散らかってますけど、見せて恥ずかしい程ではないと自負していますっ。ささっ、どうぞ好きなところに座ってくださいな」

「……それじゃあ、うん。お言葉に甘えて……」

「……センパイセンパイ。どうしてそこで床に座るんです？　テーブルも出してないし、こういう時はベッドに腰掛けません？」

ラグの上に正座する往人に、詠美は不満げに訊ねる。目論見が外れたとでも言わんばかりの表情で、果たしてベッドに座っていたらどんな展開が待ち受けていたのか。

とりあえず初手で詰む悲劇は避けられたと安堵しつつ、往人は近くにあったクッションを膝の上に乗せ、

「や、普段使ってる制服でベッドに乗るのは、ちょっと」

「なるほど……脱いでも構わないんですよ？」

「物凄く構うよ。初めて訪れた人の家でいきなり半裸とか正気じゃないって」

「いえ、ちゃんと着替えを出しますって。貰い物のスウェットくらいしかないですけど……今度センパイ用のパジャマを買っておきますねっ」

「……どうして部屋着じゃないんだろうなぁ……ともあれ、着替えないから気を遣わないで大丈夫。長居するつもりもないし」

「センパイはつれないですねぇ……まあいいでしょう、とりあえずわたしは着替えるとします――」

「ちょおっ⁉　こ、ここで脱ぐのは駄目だって⁉」

話の流れでスムーズにセーラー服の裾に手を掛けて上げようと詠美を、往人は自分でも驚きの反射速度で制止する。

もしかしたらという予感もあったので止められたが、危なかった。脱ぎ終わった後だと迂闊に近寄れないし、その状態で迫られたら理性が持つのか、自信がない。

デスゲームばりの緊張感に往人が包まれる中、詠美は特に残念がる様子もなく、ベッドの上に畳まれて置いてあった服を取り、

「仕方ありませんね。あまりぐいぐいといきすぎるのも悪手なので、ここは引いて外で着替え

てきます」

「……そうしてくれると助かるよ」

「ついでじゃないですけど、飲み物も用意してきますね。何かリクエストはあります？」

「特には。水でもいいよ」

「もう、そんな彼氏を蔑ろにするような真似しませんよっ。ではでは、少々お待ちを」

そう言って詠美が部屋を出て行き、往人は一人になり……そのままパタリと横に倒れた。

「………しんどい……何もかもが罠に見える……」

例えるのならロールプレイングゲームで、そんな大したレベルでもないのにうっかりラスボスの居城に入ってしまった気分だ。しかも脱出するまでセーブも出来ない。倒れたらそこでゲームオーバー。

ただしこの場合、終了してしまうのは僅かに繋いでいる本命の想い人とのルートだ。姉妹という繋がりもある以上、確実にその日の内に露見する。

「…………むしろいきなり襲いかかるくらいのことをした方が嫌われたかなぁ……でもそれを先輩に知られたらどっちにしろ終わりだし…………ああもう……！」

頭を抱えて悶えるも、いい解決策なんて出るはずない。

やたらと感触のいいラグの上でゴロゴロと転がること数分。力尽きたように往人が動くのも止めた頃、ドアが開きトレーを手にした詠美が戻ってきた。

「お待たせです。あ、すみませんがそこのテーブルを適当に出してくれませんか？」

「ん……ああ、これね。よっ……と」

起き上がった往人は言われた通り、部屋の隅に立て掛けられていたテーブルをラグの上に置く。

円形のテーブルに詠美は持ってきたトレーごと置いて、テキパキと飲み物の用意をする。

その様子を見ながら往人が気になるのは、詠美の服装だ。制服から着替えてはいる、が……

「えっと……それ、着ぐるみ……？」

持って行く時は気付かなかったが、どう見ても猫だ。耳と尻尾が付いていて、前にはファスナーがある。

「あ、これですか？　いえいえ、普通のパジャマですよー。意外と着心地もいいし、外出は厳しいですけど部屋着としてなら十分いけますし、何より見ての通り可愛らしいでしょう？」

「可愛いのは可愛いけど……」

猫っぽく手を曲げてポーズを取る詠美は誰が見ても可愛いが、それはもう何を着ていても可愛いので、今更言うようなことなのかどうか。あと、往人はどちらかというと猫より犬派なので、クリティカルヒットとまではいかなかった。

ただまあ、ペタンとクッションの上に座り込む詠美は、見ているだけで視線が釘付けになり吸い込まれてしまうような魅力で溢れかえっているのは間違いない。

しかも彼女の部屋で、二人きり。なかなかにメンタルに厳しい状況だ。

往人は心の中で『僕が好きなのはこの子の姉、僕が好きなのはこの子の姉……！』と何度も自分に言い聞かせ、どうにか気の迷いが起こらないよう自制心を利かせる。

「……と、ところで、何か用事かやることでもあるのかな？」

何もせずにいるだけでガリガリと精神の壁が削られていくのに耐えかね往人の方から訊ねると、グラスにペットボトルからお茶を注いでいた詠美が何故か少しだけ困るような顔をする。

「それが、実は決めてなかったんですよねぇ。外のデートならしたいことはたくさんあるんですが、家でとなると全く考えてなくて」

「……んん？　じゃあ、どうしてわざわざ家に？」

「そこはほら、流石のセンパイもこうして分かりやすくプライベート空間で二人きりになったら、ムラムラして襲いかかってくるのではと。なのに借りてきた猫みたいな警戒心で、近付いたら逃げ出しそうな雰囲気ですし……もうっ、猫の格好をしているのはこっちなんですよっ」

「いや怒られても困る……………え、僕が悪いの……？」

「当然です。女に恥を掻かせるなんて最低ですよ。でも呆気なく性欲に負けてしまうより我慢しちゃうセンパイの方が好ましいですけど！　それはそれで悔しいんですっ」

「……え、どういう怒られ方してるの、僕……？」

理不尽だし矛盾してるしで手に負えないが、詠美はまるでお構いなしに可愛い膨れ面を往人

に近付けてきて、

「ちなみに、ですけど。もしもセンパイがお姉ちゃんと付き合えていて、こうして部屋に二人きりだったらどうしてました？」

「ぅえっ⁉　そ、そんなの、考えてもないというか、なってみないと分からないっていうか……」

「いいえそれは嘘です、真剣に考えなくとも妄想の一つや二つしない方が不自然です！　ほらセンパイっ、これがお姉ちゃんとならどうしてましたっ⁉」

後ろにあるベッドに押し付けられんばかりの勢いで迫られ、往人は、

「…………き、キスまでどう持って行くか、ずっとタイミングを見計らってた、かな……？」

「ほらぁっ、しっかり考えてるじゃないですか狼の一面をさらけ出そうとしてるじゃないですかっ！　ううう、この如何ともし難い敗北感……！」

「やっ、だってそれは仕方ないじゃないか。好きな人が相手なら誰だって――」

「さらっと止めを刺さないでくださいよっ⁉　うぐぐ、センパイのナチュラルな毒がキツい……！」

後ろに仰け反り、胸を押さえて悶える詠美。大袈裟すぎる反応だが、目の端に涙が浮かんでいて、どこまで演技か分からない。

とりあえず物理的な距離が開いたことに往人はホッとして、追撃するつもりはないが改めて

口にする。

「詠美ちゃんは可愛いし助けて貰って感謝もしてるけど、最初から僕が好きなのは先輩の方なんだから、違う反応をするのがおかしいよ。まだ全然諦めてもなければ好きなのに変わりもないんだし」

「………………このわたしを前にしてよくぞ言ったものですよ………………いや本当に。何の自慢にもなりませんが、これまで何十人もの彼女持ちの男性に告白されてきたんですから」

「ええ………………どういうフェロモン出してるの、君」

「知りませんっ。おかげで友達には『彼氏を盗られた』と散々に言われて絶交され、今でも残る数少ない友達も彼氏や好きな人とわたしを会わせないよう明確なラインを引かれてますし……むしろわたしが被害者ですよっ。そんなつもりは全くないんですから！」

声を大にして訴える詠美は、荒れていても可愛い。見方によっては、普段とは違う一面ということで、より可愛く思えるのかも知れない。

これだけ可愛ければそんな弊害も出るし、前にチラッとストーカーの話も聞いたし、意外と不自由な人間関係になってそうだ。

「全くもう、世の中イージーなようで全然簡単にいかないですよ。他の男の人達はすぐにわたしへの愛をアピールしてくるのに、肝心のセンパイはなかなかコロッと落ちてくれないですし」

「世の複雑さは僕が一番身近に感じているよ……告白失敗からどうしてここまで人生激変するんだか……」

「総じていい方に転がっているから良かったじゃないですか。お店は潰れずに済んで、センパイの引っ越しと転校もなくなって、しかもこんなに可愛い恋人が出来て！　おまけに甲斐甲斐しくて働き者な彼女に、もう少し感謝があってもいいんですよ？」

そこを突かれると往人も弱い。ここに来たのだって、今の時点で返しきれないくらいの恩があるからだ。

「そりゃあ勿論、感謝はしてもしきれないくらいにしてるよ。どんな形でも少しずつ恩返ししていきたいと思ってるし」

「……本当ですね？　じゃあもし、わたしが眠れない夜にビデオ通話したいと言ったら、一時間でも二時間でも付き合ってくれます？」

「いいに決まってるよ。そりゃあ毎日だと困るけど」

「そこで困るってワードが出て来る辺りが脈なし感あって嫌なんですけどねぇ……では、今度休みが作れたらセンパイ主導でデートに連れて行ってくれるというのは？」

「うーん……あまりお金が掛からなくてもいいのなら」

「楽しく満足なデートの為なら、全額わたしが払ってもいいですよ？」

「そういうのはちょっと抵抗が。割り勘になっちゃうけど、ちゃんと払うよ」

「ふむふむ。……ちなみに、お姉ちゃんがお高いディナーを所望していたら？」

「時間作って日雇いのバイトでもしてどうにか…………ハッ!?」

訊かれるがままに素直に答えていた往人は、己の失策を悟る。目の前でみるみるうちに表情が険しくなる詠美の反応がその証拠だ。

また怒って迫られるのかな……と思いきや、詠美はグラスを手にしてぐいっと煽り、一気に半分以上飲んでから「ふぅ……」と息を吐く。

「やれやれです。まあセンパイがお姉ちゃんを好きなのは分かっていたことなのでいいですけど。全然靡いてくれないのは業腹ですが」

「う………」

「おっと、そこで安易に謝らないのはポイント高いですよ。でもやっぱりムカッともする辺り、人間ままならないものですねぇ」

しみじみと呟いた詠美は、猫耳付きのフードを外し、まじまじと往人を見据える。

「センパイはそんなにお姉ちゃんが好きなんですか？　いえ、告白で十分に伝わってはきましたけど、具体的にはどこが好きなんです？」

「うぇ……い、言わなきゃ駄目なやつ……？」

「当然です。あと、これで『巨乳なところ』とか言ったら殴りますからね？」

「言わないよ!?　う－………少し長くなるけど……」

「構いません。存分に語ってください」

カモン、と手招きする詠美の様子に、往人は腹を括った。

なあなあで誤魔化したところで意味はない。それより、思いの丈をキチンと伝えることで諦めて貰う方が建設的だ。

ただ……妹に姉の好きなところを語るのは、物凄く恥ずかしいが。

「──最初は、凄く不器用な人なんだなって思ったんだよ。図書委員としての繋がりしかないから会う機会も過ごす時間も少なかったけど、それでもすぐにそうと気付くくらい城之崎先輩は不器用で真っ直ぐで、優しい人だと思った」

「ふむふむ。それは、どうしてです？」

「先輩、他の委員に仕事を頼まないんだよ。面倒だろうに、全部自分でやっちゃうんだ。それでこっちが気付いて手伝ったり先に片付けたりすると、必ずお礼を言ってくれるんだよね。別に先輩だけの仕事じゃないんだからやるのは当たり前なのに」

「そうですねぇ、お姉ちゃんはそういうところがあります。自分から貧乏籤を引きにいくというか、人のことを気にし過ぎるといいますか」

「僕は先輩と組むことが多かったから、次第に仕事を頼んでくれるようにもなって、それが嬉しくてさ。あと、冬に放課後当番の時に誰も利用者がいなくて、暇なのと暖房の利きが丁度良くて先輩が居眠りしちゃったことがあってさ。しばらく放っておいたんだけど、そろそろ閉めるから起こしたら、いつも凛としている先輩がボーッとしてて、しかも眼鏡が額の方にズレているのに気付かなくて慌てだして……ああいうギャップにも惹かれたんだろうな、たぶん」

改めて語り出すと、好きなところや切っ掛けなんて一つや二つじゃない。何十分でも、一時間超えでも話し続けられそうだった。

往人にとって遅い初恋で、だからそれが他の皆が言うような恋心なのか、判断がつかなかった。それに相手は敬愛している上級生で、向こうに好かれているなんて微塵も思えなかったのも大きい。

もし近い将来に店が潰れると聞かされなければ、深く自分と向き合うこともなく、この気持ちがそうだと気付かないままゆかりの卒業を迎えていたかも知れない。

ただ、自覚してしまえば蒙が開けたとでもいうべきか、自分がどれだけゆかりのことを好きだったのか、考えると恥ずかしくて悶絶するくらいに想いは膨れ上がっていた。

「先輩のこと、全部が全部好きなところばかりじゃないよ。でも、矛盾しているようだけど——全部ひっくるめて城之崎先輩が好きなんだ」

「…………」

こっぱずかしい往人の告白を、詠美は神妙に俯いて聞いていた。どうして二度も妹に姉への想いを聞かせているのか意味不明だが、前も今も往人の言葉に嘘も誇張もない。

沈黙は何十秒、もしくは数分に渡って続き、張りつめてはいないが重い空気に支配され……

その呪縛を解いたのは、顔を上げた詠美だった。

「センパイ、もうちょっと直撃コースを避けた言い方をするべきじゃないですか？　わたしじゃなかったら逆上して刃傷沙汰になりかねないところですよ？」

尤もなことを言う詠美だが、特に怒ってはいないみたいだった。呆れているようにも見えるし、むしろやる気になっている目にも見える。

この反応は想定外で往人が返す言葉に迷っていると、詠美はにこっと悪戯な笑みを浮かべ、

「でも、やっぱりセンパイは素晴らしいです。お姉ちゃんの良さをちゃんと分かってくれていて、わたしとしては嬉しさ半分悔しさ半分ですよ」

「……嬉しいのもあるんだ？」

「はい。だってわたし、お姉ちゃんのこと大好きですから。嫌いな部分も結構ありますけど」

さらりと明かしたその言葉に、負の感情は殆どなかった。

だからこそ余計に往人は困惑し、思わず踏み込んでしまう。

「嫌いって……仲良さそうに思えたけど……？」

「いい方だとは思いますよ。ただ、どちらかというとお姉ちゃんはわたしに対して過保護なんです。それが嬉しくもあり迷惑でもあり……一つ昔話でもしましょうか」

そう前置いて詠美は立ち上がり、机の棚から分厚いアルバムを取り出す。

パラパラと捲りながら往人の前に座り、「これが小学生の時ですね」と開いたアルバムを差

し出してきた。

　そこには数枚の写真が貼られていて、どれも城之崎姉妹が揃って写っている。まだ幼さ残る水着姿の詠美とジャージ姿のゆかりや、紺の袴を穿いたゆかりに後ろから抱き付くおめかしした詠美といった、思い出の数々が『区の大会にて』といった手書きの注釈付きで並んでいた。

「姉が先にスイミングスクールに通っていて、わたしはそれを真似して通い出したんですよ。でも、お姉ちゃんは高学年に上がる前に水泳を止めて、剣道を習い始めたんです」

「へぇ、それは意外な……あ、だからこれ、袴を穿いてるんだ？」

「これは初めての大会の時ですね。試合前に一番緊張していたのはお父さんで、お姉ちゃんは朝稽古もしていたので眠そうでした。それでも一本も取られず優勝してましたよ」

「え……先輩、強いの？」

「そりゃもう。朝晩稽古して、手に血豆が出来ても休まないし、たまにわたしの水泳の練習にも付き合ってくれてましたから。しかもわたしより速くて、スクールのコーチに戻ってきて欲しいと残念がられていたくらいです。球技はびっくりするくらい下手ですけど、運動は出来るんです。剣道でもすぐに頭角を現して、中学の時は強化指定選手に選ばれてましたしね」

「へぇー……そんなに強かったんだ……」

　今まで知らなかった想い人の一面に、往人は感嘆の声を漏らす。

　語っている詠美も誇らしげに頬を緩めていたが、そこに苦笑が混ざる。

「不器用で一途なお姉ちゃんなんです。そもそも剣道を始めたのも、わたしがクラスの男子にからかわれたり、変質者に狙われそうになったりしていたから、守る為に……ですよ？　それで全国レベルの選手になるんですから。天才肌でもなく、ひたすら努力で」

「そんな話、一度も聞いたことなかったなぁ……でも、高校ではやってないよね？　うちは剣道部ないし、どこかの道場に通っているの？」

「もう辞めちゃいましたから。正確に言うと、頼み込んで辞めて貰ったんですけどね。写真を見て気付きませんでした？」

言われて、往人は改めてアルバムに視線を落とす。

次のページも、その次のページも、貼ってある写真の半分は姉妹が揃っていた。幼くてあどけなさの残る想い人の印象は、今とはかなり違う。

その一番の理由は、

「眼鏡を掛けてないことと、何か関係が？　たまに右目の上辺りの傷を気にしてるけど……」

「ご明察です。中三の夏に、試合中の事故で防具が壊れて右目に大怪我を負ったんですよ。失明の可能性も高くて、どうにかそれは免れたんですが、両親が『お願いだからもう剣道は辞めて欲しい』と懇願して引退したんです。本を読み始めたのはそれからですね」

「……城之崎先輩にそんな過去が……」

ショックではあるが、色々と納得もした。日頃から背筋が伸びてシャンとしているのも、よく本を読んでいる割には有名どころが未読なことも多いのも、だからかと腑に落ちる。

あの野暮ったさを感じる太い黒縁の眼鏡は、傷跡を隠す意味もあるのかもしれない。傷があること自体は知っていたが、そんなエピソードがあったとは。

……と、独りごちる往人の手から、詠美はひょいとアルバムを取り上げ、テーブルに置く。

「剣道を辞めてから、水泳に戻るという選択肢もありました。でも、お姉ちゃんはそうしなかった。どうしても比べられて嫌な思いをするだろうわたしを慮ったからです」

「……それを優しさと受け入れられなかったの？」

「はい。姉のことは好きですし、尊敬もしています。でも、そういう勝手なところは嫌いです。憎たらしくさえ思いますよ」

内容の割に口調は穏やかだし、表情も柔らかい。ただ、そこには確かな重さを感じた。

兄弟姉妹のいない往人にはなかなか分からない複雑な関係性に、それでも敢えて言えることがあるとすれば一つだけだ。

「……城之崎先輩は詠美ちゃんのこと、大好きだと思うよ」

「分かってますよ。昔からお姉ちゃんは何でもわたしを優先してくれるんです。だからこそ……ね」

最後の方は会話というより独り言に近く、何がだからこそなのかは語らなかった。

だがその呟きに、往人はもしかしてと天啓に近い閃きがあった。

――もしかして彼女が自分と付き合うと言い出したのは、姉へのコンプレックスをこじらせた結果の、意趣返しみたいなものなんじゃ？

そう考えれば、あの誤爆告白を受け入れたのも腑に落ちる。ゆかりへの告白だったからこそ、詠美は敢えて受け入れたんじゃないだろうか？

とすれば、ゆかりへの想いを語るのは、むしろ煽るだけの逆効果になっている可能性も――

「あ、センパイ。ちょっとそこのぬいぐるみ、取って貰えますか？」

「う、ん？　ああ、ベッドに置いてあるテディベアの？」

「ですです。お願いします」

この関係を切り崩す糸口が見えてきて、往人は頭を働かせつつ言われるがままに腰を上げ、ベッドの枕側に置かれていた熊のぬいぐるみに手を伸ばす。

ベッドに片手を付いて、端にあるサロペットを着た大きめのテディベアを掴み、

「……ていっ」

声が聞こえたのと往人が突き飛ばされたのは、殆ど同時のことだった。

「うわっ⁉　え、な……ちょっと待って、何を……⁉」

「ふっふー。油断しましたね、センパイ？」

そこまで強く押されてはいないが不安定な体勢だったので呆気なくベッドに転がった往人に、素早く詠美が馬乗りになって勝者の笑みを浮かべていた。

下腹部の、凄まじく際どいポジションにお尻の柔らかな感触を押しつけられて慌てる往人だったが、

「ぬ、くっ……え、動けない……!?」

「ふふふ、無駄ですよ。これでもわたし、お姉ちゃんの通っていた道場で護身術に合気道を習っていたんです。この状況なら余程の体重差があるか柔道経験者でもなければ、絶対に立ち上がらせません」

自信満々に言い切ると、詠美は片手を往人の鳩尾の上に置いて、もう片方の手を自分の首元にやる。そして着ぐるみみたいなパジャマの前面にあるファスナーを、お臍の辺りまで下げた。

どうしてそこが臍と分かるのかというと——見えているからだ。

「いっ!? し、下に何も着てな……!?」

「本当は抱き付いた時に出来るだけダイレクトな感触で誘惑する為でしたけど、大正解でしたねっ」

「いや正解のはずがないって!? わっ、だっ、動いたら見えっ……!?」

ベッドに仰向けで見上げる形になっている往人からは、大胆に開いたパジャマの前から小さなお臍だけでなく、驚く程に細い腰や、細身だからこそ逆に大きく見える胸の膨らみまで、色々と露わになってしまっていた。

下着すら付けていないから、ちょっと動いただけで辛うじて隠れている胸の先端部分まで見

えそうになって——本格的に危ない。

焦りだけでなく体が熱くなる感覚に、往人はどうにか逃れようとするが、腰を捻ることも出来ないし、何より動くと擦れて刺激がヤバかった。

自分の意志とは関係なしに体が反応しそうになって、冷や汗まで出てきた。

「こん、な、止めようっ？　何をするつもりか知らないけど、無理矢理は良くない……！」

「わたしもそう思います。だからセンパイにはその気になって貰わないと」

「な、ならない、ならないって！　だから早く解放して……！」

「それはそれで傷ついちゃいますから、そこは意地でもその気にさせますよー。こういうの初めてなのでドキドキですけど、辿々しさが逆にいいってこともありますよね？」

「そんな同意求められても知らないからっ⁉　大体、初めてだっていうならもっと大事に、慎重に……」

「ここまできたら引き下がれません！　誰にだって初めてはあるんですし、準備もバッチリですから」

「じ、準備って、何の……？」

知りたいような知りたくないような相反する気持ちに襲われながら、往人は生唾を飲んで訊ねる。

すると詠美はさっき往人が摑んでいたテディベアへ片手を伸ばし、その着ているサロペットの中へと指を差し入れると、何かを摘まんで引き出した。

その指に挟まれていた四角い物体に、往人は絶句する。中学の時、保健体育の授業で似たような物を見たことがあるし、あんな形状の包装がされていると知識はあった。

大人な営みの際に使うアイテムを手に詠美は微笑み、

「この通り、抜かりはありません。こんなこともあるかも知れないと、センパイに告白された日に通販で買って、仕込んでおいたんです……何がいいのか分からなかったし何度も買うのは恥ずかしいので、とりあえずバラエティセットで一グロスほど！」

「144個も!? どれだけやる気に満ち溢れているのさ!?」

「あっ、別にわたしが特別にエッチな訳じゃないですからねっ？ 大抵の女の子はその手のことに興味津々なんですから、むしろわたしは節度のある方です！」

「この状況のどこがさ!?」

全力で突っ込む往人だが、詠美は興奮に頬を赤く染めて微笑むだけだった。可愛いだけでなく、恐ろしく色っぽい。

とはいえ、その色香に惑ってなんかいられなかった。男としては口を開けていたらご馳走が飛び込んでくる垂涎の展開だが、このままだと終わる。段階が進めば隙も生まれるだろうけど、その時に彼女を跳ね除けるだけの理性が残っている自信がなかった。

どうにかして迅速に逃れる為に、往人は身を捩りながら詠美に必死の訴えをする。

「か、考え直そう⁉　まだ付き合って十日くらいしか経ってないんだよ⁉」

「世の中、体の関係があってから付き合い出す人達だって珍しくありませんよ。そう考えれば遅いくらいです」

「それは一部の型破りな経験豊富な人だけだって！　い、いつ家族が帰ってくるかも分からないし……！」

「ご心配なく。両親は早くてもあと三時間は帰ってきませんし、お姉ちゃんも今日はお世話になっていた道場に顔出ししています。お喋り好きで、見取り稽古くらいしていけと毎度誘われて遅くなるので、向こうで夕食まで済ませてくる可能性が高いくらいです。そんなタイミングでセンパイの自由が利く……こんな絶好機、滅多にありません……！」

爛々と輝かせた瞳で熱っぽく語る詠美の姿に、往人は生半可な説得は無駄だと悟る。あれはガチでいくとこまでいく覚悟を決めた顔だ。

　こうなったら傷つけてしまうかもしれないが、往人も覚悟を決めて言うしかなかった。

「良くないって！　もっと自分を大切にしないと！」

「いつも大切にしてますよー。ほら、綺麗な身体してるでしょう？」

「綺麗だけど、そうじゃなくてっ……お姉さんへの当てつけでここまですることないってば！」

「…………えっ？」

その言葉に、往人のシャツのボタンを外そうとしていた詠美の手が止まった。

大きな目をパチパチと何度も瞬きし、じっと往人の目を見てくる。

あんなことを言えば、詠美のプライドを深く傷付けてしまいかねない。だが、暗い感情に身を委ねてこんなことをするなんて、絶対に良くないと、往人はこの隙に脱出を——

「もう。センパイ、どうやら勘違いしてますね？」

「…………………えっ？」

今度は、往人が虚を突かれる番だった。

前のめりになった詠美は小さな手で往人の胸板をペシペシ叩く。

頬を膨らせて不満たっぷりといった感じだったが、どことなく楽しそうな目で、

「いくらわたしがお姉ちゃんにコンプレックスがあっても、こんな形で解消しようなんて思いませんよー。ファーストキスもまだなのに、そこまで思い切れませんってば」

「……う、え？　そ、そうなの……？」

「それに、センパイがお姉ちゃんと付き合った後なら奪う意味がありますけど、ただ告白しただけの状態でどうなるかも分からないのに。お手つきにも程がありますって。わたし、そこまで迂闊でも粗忽でもないですから」

「…………ええ…………でも、だったら……」

「全く、センパイはどうしようもないですねぇ……」

余計にここまでする理由が分からなくなる往人に、詠美は本気の呆れ顔になり……しかしすぐに、パッと晴れ晴れとした表情に変わる。

「まあでも、懸念がなくなったということで、もう拒まれる理由もないですねっ！　さあセンパイ、トロトロになるまで愛を育みましょうっ」

「いいっ⁉　ま、待って違う、それとこれとはっ」

「違いません！　それに口では拒んでいても体の方はちゃんと――」

「それこそ不可抗力だよ⁉　僕は本当にそんなつもりはないんだから！」

「ふふふ、そんなこと言っていられるのも今の内だけです……すぐにセンパイの方から貪るようにわたしを求めてくるんですから……！」

妖しく微笑む詠美の言葉を、往人は否定しきれず痛いところを突かれたと顔をしかめる。この状況から逃れたい気持ちは嘘偽りないが、それとは別に興奮している自分もいた。情けないにも程があるが、理性と欲望がまるで違う方向に綱引きしている状態だ。

しかも本気でマウントポジションから逃げられない。そこに着ぐるみみたいな猫のパジャマ越しに感じる詠美の体の柔らかさと、はだけられた前から見える素肌という凶悪過ぎる視覚攻撃も加わって、ガンガンに欲望サイドへ燃料投下されていて均衡が保てるのも時間の問題だった。

そんな往人の内情を悟ってか、詠美は興奮の面持ちで腰を浮かさないまま前のめりに倒れ込

んできて、

「ではでは——恋人らしいことをして、もっと深い仲になりましょうね、センパイ」

「…………う、あ……っ」

詠美の、抜群に可愛らしくて息を呑むくらい綺麗な顔が、ゆっくりと迫ってくる。

緊張を孕んだ目に見つめられ、往人は金縛りにあったみたいに動けなくなり、微かに震える唇から漏れる吐息が鼻先を擽って、

「詠美、どうして私の部屋に制服を置いて——」

何の前触れもなく。

不意に開いたドアから顔を覗かせたゆかりは、ベッドの上の二人を見て、完全に硬直していた。

「お、お姉ちゃんっ⁉ えっ、今日は道場に顔を出すって……⁉」

跳ね上がるように身を起こした詠美は、慌てふためきながらパジャマの前を寄せて隠す。

一方、往人は逃げも隠れも出来ない。マウントを取られたままの情けない状態で、一番見られたくない人の視線を浴びて絶望感にやられていた。

「……師範が、昨日宴会をやったせいか二日酔いで……だから、挨拶だけで帰って来て

「……何というタイミングの悪さ………くうう、絶好機だと思ったのに……お姉ちゃん、察してどこかで時間を潰してくるくらいの機転は利かなかったの⁉」

「し、知らないわよそんなの！　大体、人のいない間に瀬尾君を連れ込んでっ、何をしようとしていたのっ⁉」

歯軋りせんばかりに痛恨の表情をする妹に、見る見るうちに顔を赤くして普段は絶対にしない慌てっぷりで怒る姉。

そして今すぐこの場から消え去りたい往人は、無駄とは思いつつ存在感を薄めようと『僕は石、路傍の石ころ……！』と自分に言い聞かせていた。

一瞬でヒートアップした姉妹喧嘩は収まらず、詠美はべーとゆかりに向けて舌を出して、

「子供じゃないんですから分かるでしょう？　全くもう、センパイと身も心も一つになる覚悟を台無しに……」

「なっ……まだ早いわ！　付き合ってそんなに経ってないのに、早過ぎるわよ！　それにっ、高校生で赤ちゃんが出来たらどうする気⁉」

「だからちゃんと考えて避妊具も用意していたんじゃないですかっ」

「ひにっ……⁉　そんなのどこで買っ………あなたまさか、この前私の名前で通販したのは……⁉」

「余計なところで勘の鋭い……もういいです、なかったことにして再チャレンジしますから、お姉ちゃんは出掛けるか部屋に籠もるかしていてくださいっ！」

「させるわけないでしょう⁉　何が悲しくてみすみす見逃さなきゃならないのよ！」

「え……お姉ちゃん、見学するつもりなの……？　…………うわぁ……」

「勝手に曲解して引かないで！　姉として年長者として、節度ある交際から逸脱するのを看過しないだけよ！」

「そんなこと言って、お姉ちゃんはむっつり系だから意外と……ひゃっ⁉」

突然の可愛らしい悲鳴と共に、詠美はベッドに倒れ込む。ゆかりとの会話に集中して腰が浮いたところを、往人が腕を引っ張り体勢を入れ替えることに成功した。

勿論、マウントを取り返すのではなくて転がり落ちるようにしてベッドから逃れ、そのままの勢いで置いていた自分の荷物を回収し、一気に部屋の外へと――

「センパイっ！　流石にそれは男らしくないと思いますけど⁉　女の子にここまでさせておいて逃げるとかっ」

「その辺りのクレームも含めてまた今度話し合おう！　あの、城之崎先輩、お邪魔しました！」

「え、ええ……」

呆気に取られているゆかりにも手短に別れの挨拶をし、往人は部屋から脱出する。

慌ただしく靴を履いている間に後ろから「もうっ、やっぱり催淫効果のあるって評判のアロマも使うべきでした……！」と聞こえてきて、詠美がガチで落としにかかっていた事実を改めて悟り、往人は振り返る暇も惜しんで城之崎家を後にした。

共有通路を小走りで進み、そわそわしながらエレベーターを待ってと、マンションの外に出てようやく緊張から解放された時には思わず深々と息を吐いてから天を仰ぐ。

「……………ぁ……あっっっっぶなかったぁ………！」

まだ胸のドキドキは収まらないし、顔も熱い。汗も服の下でびっしょりだ。

外気の涼しさに無事の生還を強く感じ、往人は大きく深呼吸をし……

「……っとと、ここじゃ邪魔になるかな……ん？」

マンションの入り口から近いことを思い出して、気恥ずかしさを覚えつつ辺りを見回した往人は、通りにいた男と目があった。それは一瞬のことで、すぐに相手が路地の向こうへと消えていったが、

「……今の……この間の……？」

先週の日曜日、初めて詠美を送った日に、店の近くで見かけた男と似ている気がした。

とはいえ、あの日は夜で暗かったし、今日は少し距離があるので確信は持てない。それに、偶然でも別に不思議はない。

「……何かされた訳でもないし…………うーん……」

それでも何となく気になるのは、やはり詠美が有名だからだろう。

芸能人じゃないのでスキャンダルにはならないが、印象が悪くなるかもしれない。本人は気にしない風なことを言っていたとはいえ、インフルエンサー的な活動には好感度が関係してくるはずだ。

既に学校では、頭に『もしかしたら』とつくものの、往人と詠美の仲が話題になっている。往人は誤魔化しているし、詠美も積極的に肯定はしていないらしいので噂の域を出ていないが、もし公になったら別れて貰うのが難しくなるだけでなく、店に来る詠美目当ての客が激減しかねない。

「……どうしたもんかな……一日でも早く別れて貰うのが一番なんだけど……」

問題は詠美に全然その気がなさそうなことと——彼女に惹かれている部分も少なからずあることだ。

容姿が抜群に可愛いだけなら、そこまででもなかった。だが、店の件でとても世話になっているし、ガンガンにアプローチを仕掛けてくる。特にさっきのはヤバかった。

あんなことをされて、グラッとこない方がどうかしている。流されなかっただけでも自分を褒めてやりたい。もしあっさり受け入れていたら、何の言い訳も出来ない真っ最中な状態でゆかりに見られただろうから、完全に終わっていた。

……そう。ゆかりへの想いがなければ、たぶんとっくに詠美のことを好きになっている。

その自覚があるからこそ、往人はどっちつかずで現状に甘んじる選択肢だけは取りたくなかった。詠美に失礼だし、どの口でゆかりを好きだと言えるのかって話になる。

「…………………………よし。とりあえず、帰ろう」

棚上げする訳じゃないが、ここでうだうだ考えていても仕方がない。振り返ると、マンションのフロントにいるコンシェルジェが不審そうに見てきていたので、下手をすると通報される。もう何度も送ってきているのですっかり覚えた駅までの道を、往人は重い足取りで歩き出した。

城之崎家から遠ざかりながら脳裏に過るのは、やはりというか詠美のこと。

あそこまでされて、しかも当てつけじゃないとハッキリ言われ、いよいよ彼女が自分を好きだというのが否定しきれなくなった。けど、初対面で誤爆告白しただけの相手を好きになるなんて、往人には理解が及ばない。

詠美くらい可愛くてモテまくりの告白されまくりの子が、馬亥兎の告白を断り自分を好きになる理由が分からないが、思いつきの軽い気持ちで付き合うことにしたんじゃないのは分かった。

となると──

「………ちゃんとしないと、駄目だよね……」

周囲の通行人には聞こえない程度の声量で呟いて、往人は一つため息を吐く。

あれだけ世話になっている子に強くは出られなかったが、これ以上ずるずると関係を続けている方が良くない。詠美のことを思うのなら、ハッキリと拒絶するべきだ。

「………父さんには申し訳ないなぁ……」

赤字閉店を余儀なくされていたところから奇跡の黒字化が見えてきた矢先に、大事なキーパーソンを失うことになる。

だが、謝りはしても止めるつもりはない。詠美を利用する為に付き合い続けるなんて最悪だ。

「明日……は、水曜だから図書委員の当番で無理か。となると、明後日の仕事前に……」

二人で話す時間を作って貰って——別れる。

嫌われたり泣かれたりするかも知れないが、今の歪な関係を続けるのは嫌だった。姉のゆかりを好きな以上、どうしても詠美の好意を受け入れきれない。

ゆかりに告白したところで成功する可能性はあまりないと分かっているが、だからといって妥協は出来なかった。それは詠美にも失礼になる。

二日後に蹴りをつけると往人は決意を固め、その為には——

「……店のシフト調整、上手くいくかなぁ……」

殆どのアルバイトがまだ数日しか経験のない中、接客スキルが死んでいる父親と一緒に店を任せるという恐ろしい状況になるのを、どうにかしないといけなかった。

その憂鬱な現実に気を取られ、往人は一つ大きな見落としをしていることに、翌日になるまで気付けなかった。

五　改めまして、告白です

水曜日は自宅兼店舗の洋菓子喫茶『グラスアワー』の定休日であり、往人が放課後に図書委員の当番が回ってくる日でもある。

基本的に図書委員は週に一度、昼休みか放課後に貸出業務を含む仕事をする。二人ずつ割り振られる形で、毎回のペアは固定されていて、特に大きな問題でもなければ一年間変わらない。

往人の場合、店の定休日でなければ放課後は入れないということもあって、去年と同じ水曜に、同じ人物とペアになっていた。

——前日、あんなにも気まずい遭遇をした城之崎ゆかりと。

「…………」

「…………」

図書室には往人達以外に数人の利用者がいるものの、当然私語は慎むようにするのがマナーなので、クラシックのＢＧＭだけが聞こえる状況だ。

図書委員は作業がなければＬ字のカウンター内で待機し、貸出を受け付けるのが役割なので、往人はゆかりの隣に座っていた。

縁の太い眼鏡越しに見えるゆかりの顔は、いつも通り綺麗ではあるものの、いつもの数倍近寄り難い雰囲気が出ている。最初は昨日のことがあって気まずいから勝手にそう感じてしまっているだけだと往人は思っていたが、貸出や返却する利用者がこぞって自分の方にくるので、どうやら他の人にしても同じらしかった。

往人が少し遅れて図書室に来たので、まだゆかりとは挨拶の一言しかかわしていない。そして気まずいまま、二時間以上が経過している。

そろそろ図書室が閉まる時間が近付いていて、読書や自習をしていた利用者も一人、また一人と去っていく。出て行く前に通りすがりでちらりとゆかりの方を見ていくのは、やはり無言ながら強烈な存在感があったからだろう。

やがて閉館の十分前には一人の利用者もいなくなり、その少し前に司書の先生も隣の司書準備室に引っ込んでしまった。

つまり今、図書室には往人とゆかりの二人しかいない。

ちら、と隣で本を読んでいるゆかりを見ると、相変わらずの凛とした姿勢で、話しかける隙はない。そもそも誰もいなくて、準備室は防音になっているから話をしても司書の先生には怒られないが、ゆかりは怒る。静かに、冷徹に、『まだ仕事中よ』と一睨みされるのが目に見えていた。

なので往人は一足先に貸出カウンターを離れ、閉館準備を始めた。これは利用者が誰もいない時は普段もやるので、問題ないはずだ。

イスを机に上げてから軽く掃き掃除をし、ついでに利用者の忘れ物がないかをチェックする。それをパパッと終わらせたらまたイスを戻し、窓に鍵を掛けていく。本格的な掃除や本のチェックは土曜にやるので、平日は簡単に終わる。

なので往人が閉館作業を一人でほぼ終わらせた頃、時計の針は午後六時を示し、図書室の利用時間を告げるホトトギスの鳴き声が響いた。

往人はすぐに貸出カウンターに向かい、立ち上がるゆかりに、

「あのっ、城之崎せ――」

「私は少し作業して帰るから、どうぞお先に。お疲れ様」

話をしようとした矢先にあからさまに壁を作られてしまい、ゆかりは鞄を手に司書準備室へと行ってしまった。

強い拒絶を感じて往人は立ち尽くし、どうするのがベストなのか迷う。ゆかりにあんな態度を取られるのは初めてのことで、絶対に昨日の件が影響している。未遂だったとはいえ、妹とベッドインしている場面を目撃して、普段通りに接して貰える方が変だ。

ここは時間を置いて、まずは明日に詠美と別れてから改めて話す方がいいのかもしれない。

幸い、店の方はなんとかバイトの人に出て貰えて、詠美にもアポイントメントは取れた。

準備は整って、後は納得して貰えるまで詠美を説得するだけだ。そこが一番の難関だが、やらないことには始まらない。どうにかして、土下座でもボコボコにされるでもしていいから、この歪な関係を一度リセットする。

だから今日はもう、ゆかりに言い訳じみた弁解はせずに、明後日以降にちゃんと清算してから話すべきだ。

——そう、頭の中では整理したのに。

気が付けば往人は司書準備室のドアを開けて、中へと入っていた。

「………何か？」

奥の席でパソコンの前に座ったゆかりが、顔を向けずに訊ねてくる。先に入っていた司書の先生の姿はない。出入り口はここだけなので、もう一つ奥の蔵書保管庫にいるのだろう。

そこのドアが閉まっているのを確認し、往人は改めてゆかりの方を見る。

……この構図は、あの時と同じだった。ゆかりに告白をしたつもりがまさかの別人だったという、これまでの人生で一番の大ポカをやらかした時と。

ただ、あの日は新刊搬入に伴う作業があったので、パソコン周りには本がたくさん積まれていたが、今は綺麗に整理されていてゆかりの顔もハッキリ見える。この状態なら誤爆告白なんて、まずやらかさずに済んだ。

後悔なんて今更だが——

「……先輩。あの、昨日のことなんですけど……」

「……話すことは特にないわ。詠美とは少し話をしたし、あの状況だもの。あの子が強引に迫ったんでしょう？」

「それはまあそうなんですけど……僕も迂闊だったし、先輩が来てくれて助かりました。ありがとうございます」

言葉と共に、往人は深く頭を下げる。

するると、顔を上げたところでゆかりと目が合う。あまり表情を変えない彼女にしては珍しく、不満そうに眉根を寄せていた。

「……私が帰って来なかった方が、良かったんじゃないの？」

「えっ？　や、そんなことは。情けないことに、あのままだと自分の意思だけじゃ止められなかったかもしれないですし」

「だからよ。姉としてはあんな場面に出会したら止める以外の選択肢はないけれど、そうでなければ野暮な真似はしなかったわ。一応、恋人同士なんだから」

「それはでも、先輩には以前話した通り、僕は別の人が好きで……」

「あの時はそうだったとして、もう半月経つのだから、心変わりしていてもおかしくないわ。詠美は見た目だけでなく……いいえ、むしろ中身の方がもっと可愛らしいもの。瀬尾君も、あの子の魅力は分かってきたんじゃないの？」

「…………それは……」

違う、とは言い切れず、往人は奥歯を噛みしめる。

ゆかりの言う通りで、詠美は外見だけでなく、性格も魅力的だった。頭の良さは言動の端々から感じるし、親しみやすくて気が利く上に、あれこれ面倒臭がらない。本人もその自覚があるように、努力家なんだろう。

ちょっと暴走気味というか前のめり過ぎるところがあるものの、それが余計に可愛らしさに繋がっている。

正直なところ、このまま付き合い続けていたら、そこまで遠くない未来に彼女のことを好きになっているだろう。その自覚が往人にもある。

——だからこそ。

「いい子だからこそ、詠美ちゃんとは別れるつもりなんです。明日、時間を作って貰ったので、納得するまで話をする予定です」

「…………どうして？　瀬尾君が好きだっていう相手は、詠美よりいいっていうの？」

理解出来ないと言わんばかりに、ゆかりは頭を振る。

ここで『あなたのことですよ』と言えるほど無神経じゃないので、往人は言葉を選んで、

「僕の我が儘です。詠美ちゃんの存在は僕の中でどんどん大きくなっていますけど、もっと大きな存在がいるので。これをどうにかしない限り、どこにも進めない気がするんですよ」

「………なら、詠美と別れるのは……？」

「改めて、ちゃんと好きな人に告白します。あんまり上手くいくとは思えないですけど」

何しろ、妹と別れた相手だ。昨日のことも含めて、最初に告白が出来ていた場合と比べても勝算は下がっているだろう。

ただまあ、そこは仕方ない。ゆかりへの想いを抱えたまま詠美と付き合う歪さに、限界を感じたのだから。

決断を聞いて貰えたからか、どこかさっぱりした気分になる往人に対し、ゆかりはイスから立ち上がる。その顔は、余計に困惑しているようにも見えた。

「……だったら、詠美と付き合い続けていればいいのに。それとも、振られたらよりを戻すの？」

「そんな都合の良いことしませんよ！　詠美ちゃんには呆れられるか嫌われるかして疎遠になるかもしれないですけど、そこは覚悟しています。店のことで利用するだけしたみたいな形になるのは本当に申し訳ないんだけど……」

「……あの子、計算高い癖にお人好しだから。大丈夫だと思うわ」

姉から保証の言葉を貰ったものの、安堵より罪悪感が強い。そんな良い子を振ろうというのだから。

だが往人は思いとどまるつもりはなく、それを察したのかゆかりは小さくため息を吐いて、鞄を手にして動き出す。

「……帰るわ。あの子のこと、あまり悲しませないであげてね」

「……善処しますけど、約束は出来ないです」

「そうね、無理を言ったわ。ごめんなさい、忘れて」

前言撤回をし、ゆかりは往人の前を横切り司書準備室から去っていく。

それを見送った往人は、ドアが閉まった後もしばし立ち尽くし……

「……はー……随分と余計なことを言っちゃったかなぁ……」

後悔とまではいかないが、失敗したかもとは思う。昨日の一件を弁解するだけで良かったのに、話しすぎた感がある。

ただ、真摯でありたいと思っている以上、ゆかりから訊かれれば応えるしかなかった。

往人は武器として正論を振りかざしているのではなくて、正しくありたいから衝突してでも意見してきた。都合良く自分を曲げているのでもなければ、ただルールだから則ってきたのでもない。

そうするべきだと思うから、向き合う。その結果として無様に負けたとしても構わない。これが自分だと誇れなければ、結局負けだ。

この性分のせいで友達は殆どいないが、馬亥兎のように珍しがって仲良くしてくれる人や、細雪みたいに懐いてくれる人もいる。拠り所にする訳じゃないけど、損得や正しい間違っているの問題じゃなくて、どう生きたいかだ。

……とはいえ自分から限りなく告白成功の可能性を低くしたのは事実なので、往人は肩を落とし、

「——やれやれ、終わった？」

「ぅわあっ⁉　な、えっ……あ、中嶋先生……」

いきなりの声に驚いて振り向けば、室内にあるもう一つのドアからひょこっと顔を出している司書の先生の姿があった。

驚きに固まる往人に、普段は世界史を教えている中嶋教諭は妙に疲れた顔をして奥の部屋から出て来て、

「ごめんね。もっと早くに声を掛けようと思ったんだけど、出るに出られなくてさぁ……あんな話をするなら、私がいない時にしてよ」

二十代後半と若いのに肩を揉む仕草をして、中嶋はさっきまでゆかりが座っていたパソコン前のイスに「よいせ、っと……」と声を出して座る。

だが、往人はそんな年寄り臭い言動よりもずっと気になることがあった。

中嶋が奥の蔵書保管庫にいるんだろうとは初めから分かっていたが、問題はそんなことではなくて、

「せ、先生……もしかして、話聞こえてたんですか……⁉」

「うん？」

「だって司書準備室は防音で、ちょっとしたカラオケ大会もやったことあるって……！」

「それは内緒の話でしょうが。防音はしっかり出来ているわよ？　でもそれはこの部屋全体の話。そこの蔵書保管庫は禁帯出の本を置く為にもう一つ鍵を掛ける必要があったから仕切りとドアを取り付けただけなの」

「……………っ、つまり……？」

「話していれば普通に聞こえるわ。まあ、中に本棚がある影響で、城之崎さんの声はあんまり聞こえなかったけどね。それでも瀬尾君の声はほぼ聞こえていたから、どんな話をしているかはすぐに分かったわよ」

苦笑混じりに「誰にも言わないから安心なさいな」と続ける中嶋だったが、往人が愕然としている理由はそこじゃない。

ゆかりの声はともかく、往人の声は聞こえていた……と、いうのなら。

――あの日、同じ状況で中にいたゆかりにも告白は聞こえていた……？

確証はない。たまたまゆかりは聞こえ難い場所で作業していた可能性もある。

……ただ。往人は『告白相手を間違えた』と説明したが、ゆかりは『じゃあ本来は誰に？』とは訊いてこなかった。そこまで興味を持たれていないかプライベートな領域なので踏み込んで来なかったかだと思っていたが、もし初めから知っていたとすると……

けて行き。

「――だからね？　瀬尾君、聞いてる？」

「は、い…………なんとか……」

返事こそしたものの、中嶋教諭の声はどこか遠くから響いているように輪郭が掴めず通り抜

知ってしまった事実のショックが大きすぎて、往人は生返事をするだけで何を訊かれている

かも分からなくなったまま、気が付けば図書室どころか学校からも出て、帰途を歩いていた。

ふらふらと、時折意識がハッキリする以外は夢現で慣れ親しんでいるはずの帰り道を、普段

の倍以上の時間を掛けて進む。信号無視せずに済んでいるのが不思議なくらいで、往人はぼん

やりと『今日は店の手伝いがなくて良かった』と思う。こんな状態で仕事をしたら、どれだけ

の惨事になるか分かったもんじゃない。

不幸中の幸いかなと考えられる程度には現実に戻ってきた頃、見えてきた駅の改札口がいつ

もよりやけに賑わっていることに往人は気付く。

「……………何かイベントでもやってる、かな……？」

毎週水曜は今日より少し早いくらいの時間に帰宅しているが、普段の倍以上の密度で人がい

る。しかも流れているのではなくて、改札口付近で滞っていた。

ただ、その原因を調べようと思える程の元気はなくて、往人は脇目も振らずズボンのポケッ

トから財布を取り出して駅改札へと向かい、

「あっ、ようやく来ましたね、センパイっ」

「………あれ？　詠美ちゃん？」

改札を通る直前、横手から聞こえてきた声に振り向けば、人波をかき分けるというか、割れた人波から現れた詠美の姿があった。

着ているのは制服ではなく私服で、シンプルなカットソーワンピースにキャスケット帽を被り、大人っぽい雰囲気がある。

やけに人が多かった理由はこの子かと往人が気付くのとほぼ同時に、詠美が目の前に来てにこりと笑い、

「今日は仕事だったんですけど、早く終わったので待ち伏せしちゃいました。お姉ちゃん……は、一緒じゃないんですね？」

「……え、あ、うん。先に帰ったと……」

「なら、タッチの差で間に合いませんでしたか。ここに着いたのは十分前で、ひょっとしたらセンパイは帰った後なんじゃと不安になったところだったんですよ。連絡取ったらサプライズにならないですし」

「………えっと……何か、用があって……？」

「いいえ？　タイミングが良かったから、何となく来ちゃっただけです。家の方で待とうかとも思ったんですけど、それだとストーカーっぽくて引かれちゃいそうかなー、って……あはは

っ」

茶目っ気たっぷりに笑う詠美(えいみ)は、周囲の視線を一身に集めるくらい可愛(かわい)い。

戸惑うしかない往人(ゆきひと)を至近距離からじっと見つめてきた詠美(えいみ)は、指を顎に当て少しだけ考えるような仕草をし、

「んー……とりあえず、センパイ」

「………？」

「遊びに行けるような感じじゃなさそうなので、家まで送ってくれますか？」

「………うん、それくらいなら」

気を利(き)かせてくれた詠美(えいみ)なりの我(わ)が儘(まま)に、往人(ゆきひと)は小さく頷(うなず)き。

ある決断をして、駅の改札をくぐった。

◇　　　　　◆

電車を待つ間も乗ってからも、喋(しゃべ)っているのはほぼ詠美(えいみ)で、往人(ゆきひと)は主に相づちを打つだけの存在だった。

今日やった仕事の話をする詠美(えいみ)は生き生きとしていて、それが往人(ゆきひと)の心を優しく慰撫(いぶ)してくれるのと同時に、引(ひ)っ掻(か)いたような小さな傷を付ける。

まだゆかりのことで整理がつかないまま、あっという間に電車は詠美の最寄り駅に着いて、もう何度も歩いた家路を並んで行く。ただ、いつもならホテル街の辺りでからかうように誘ってくる詠美が、今日はスルーして仕事での面白話をしてくれていた。

気を遣われているな、と強く感じ、往人は改めて隣を歩く美少女が自分には勿体ないと思う。

——だから、という訳ではないけれど。

詠美の住むマンションまであと一、二分というところで、往人は話を切り出した。

「……あのさ。明日話そうと思っていたことなんだけど」

「用事があるから時間を作って欲しい、って言っていた件ですか？」

「うん。僕と別れて欲しい」

ややや唐突なその言葉に、詠美は大した反応を示さなかった。

耳を疑うのでも笑って流すのでもなく、伸びをするように両手を上げて、

「んー……やっぱりそういう話でしたか。センパイは信じられないことを平気でしますね？　こんな美少女を振ろうだなんて、普通あり得ないですよ？」

「……そうかもね。馬鹿なことしているなぁ、とは思うよ」

「まあ、別れようと言われて簡単に頷くわたしではないですが。ちなみに、理由はなんですか？」

いつもと変わらない口調の詠美の心境を、往人は推し量れなかった。だが、短いながら濃い

付き合いをしてきて、何となく察する部分もある。

真剣な面持ちをしていないからといって、ふざけているとは限らない。辛くても悲しくても、それを表に出すのを良しとしないのが詠美だ。その逆に、もしかすると本当に大して意に介していない可能性もある。

ただ、どうにしろ往人がやることは変わらない。

「……好きな人が他にいる。だから詠美ちゃんとは、これ以上付き合えない」

「なるほど、シンプルかつそれ以上の理由は要らない答えですね。でも、どうして今なんです？　それは元からでしょう？」

「僕の中では違うんだ。最初の頃は、飽きたらすぐに別れを切り出されると思っていたから」

「うっわ、センパイの中でわたしの扱い酷くないですっ？」

「そこはごめん、全面的に僕が悪い。君のことよく知らなかったし、素性が分かったら余計に付き合う流れになる意味が分からなかったから」

「センパイって自己評価低いですよねぇ。まあ、そこまで高く見積もられても困りますけど。オラオラ系のセンパイとか見てらんないですし」

足を止めて頭を下げる往人を、街路樹の側で両手を腰に当てた詠美がむっとした顔で睨んでくる。怖さより可愛らしさの方が強くて、迫力は全くない。

「ごめん。でも、ようやく詠美ちゃんが生半可な気持ちじゃなく付き合っているって理解した。

だからこそ、これ以上は付き合えないんだ」

「……遊びじゃないから、ですか？」

「そうだよ。本気の気持ちには、本音でしか応えられないから——僕が好きなのは城之崎先輩で、今は他の人と付き合えない」

キッパリと、詠美の目を見て往人は言い切る。

彼女にはとんでもなく世話になったし、好感も抱いている。

だからこそ、いい加減に濁すのではなくて、誠意を持って拒絶した。

「……でも、センパイ。わたしと別れて、お姉ちゃんに告白したとしても、成功するとは限りませんよ？」

すっかり日が落ちて周囲が暗くなる中で、街灯の明かりを受けた詠美は輝いている。ただしその表情だけは、苦さを堪えるようなものになっていた。

それを見ると余計に辛くなるが、往人は止まらない。

「うん、そうだね。上手くいかない可能性の方が高いと思う。ただの玉砕で終わるかも」

「だったら、わたしと付き合い続けた方が良くないですか？　センパイ、お姉ちゃんに振られたら『やっぱりエイミーが好きだよ！』って言えるタイプの人じゃないですもん」

「そんな恥知らずなこと出来る方が珍しいと思うけどなぁ……でも、酷いって意味だと大差ないか。僕は詠美ちゃんを傷付けると分かっていても、告白したいんだ」

ゆかりがあの日の告白を聞いていたかも知れないと分かって、困惑した。その後の反応から、脈はないんじゃないかと絶望感もあった。

でも、だからといって好きなのに変わりはない。完全に無理なら諦めるしかないけど、ほんの少しでも可能性があるなら、好きになって貰う努力も出来る。

ただしその資格があるのは、

「告白して、駄目だったとしても諦めずに足掻くつもりだよ。勿論、先輩の迷惑にならない範囲内でね。でも、そのチャレンジが出来るのは誰とも付き合っていないのが前提だから」

「……わたし、センパイに振られたら泣いちゃいますよ？　ご飯も二日くらい食べられなくなるかもです。撮影のお仕事もあるのに、大ピンチです」

さめざめと嘆く詠美の声だけ聞いていると、余裕を感じるし大してダメージはなさそうに思える。

ただし――あんなにも切なげな微笑みを見て、同じことを思う人はいないはずだ。

往人は胸の痛みを、太腿辺りをギュッと抓るように握って堪える。自分のせいなのだから、ここでこっちが辛い顔をするのも謝るのも違う。

詠美は、本当に良い子だ。『グラスアワー』のことを持ち出せば優位に立てるのに、それをしない。

そんな彼女だからこそ、往人はここでキッパリと別れる必要があった。

「別れて貰う為なら、出来る限りのことはする。だから僕の頼みを聞いて欲しい」

「……そんなことと言って、『じゃあキスしてください』って言ったらどうします？」

「それは出来ないから別のにして貰う」

「即答っ⁉　大口叩いておいて秒で拒否らないでくださいよっ」

「だってそういうのは互いに良くないよ。初めてなら大事にしなきゃ」

「くっ……じゃあお泊まりデートはどうですっ⁉」

「既成事実を作る気満々だから却下。ほら、僕に出来ることなら何でもいいから！」

「わたしがして欲しいことは全然聞いてくれないじゃないですかっ！　ああもうっ、センパイってば本当に……っ」

顔を赤くし不満たっぷりの目で睨んでくる詠美だったが、不意にその視線が明後日の方を向く。そして微かに表情が強ばった。

彼女の反応が気になり往人が視線の先を追って振り向くと、そちらには城之崎家のあるマンションの入り口と——そこから出て来たらしい、ゆかりの姿があった。

いつかと同じジャージ姿のゆかりは、すぐに街路樹近くに立つ妹と後輩に気付いたようで、不自然に足が止まる。しかしすぐにまた動き出し、二人の近くまで歩いてきた。

色んな意味で気まずいゆかりの登場に往人は対応に困るが、彼女の視線はあくまでも妹に向いていて、

「仕事が終わったと連絡があってからなかなか帰って来ないから心配したわ。寄り道するならそれも連絡入れておいて」

「……大して遅くなってないよ。それに今、センパイと大事な話をしているところだから」

「そう。なら、横入りで悪いけど先に私から瀬尾君に話をさせて。すぐ終わるわ」

「へっ？　城之崎先輩が、僕に……？」

突然の申し出に困惑しているのは往人だけではなく詠美もで、むっとした表情だったのが眉根に皺を寄せていた。

戸惑う二人をゆかりは気に留めず、半歩だけ往人の方へと距離を詰め……

深々と、背中が見えるくらい丁寧に頭を下げた。

「──ごめんなさい。私、瀬尾君の告白を受けることは出来ないわ」

「…………え？」

「……お姉ちゃん……!?」

突然の拒絶に、往人は愕然として固まり、詠美も大きく目を見開いて息を呑む。

顔を上げたゆかりは真っ直ぐに往人を見て、普段と変わらない落ち着いた表情で続ける。

「司書準備室で瀬尾君が詠美に誤って告白をした時、本当は隣の部屋にいた私にも聞こえていたの。でも、詠美がそれを受けて二人が付き合い始めたから、聞かなかったことにしていたのだけれど……今日の話で、そうもいかないと分かったから」

「あ…………じゃあ、今のは……」

「詠美と別れても、私はあなたと付き合えない。委員の仲間として、後輩としては好きだけど、それ以上には思っていないの。だから、ごめんなさい。悪いけど諦めて」

再び頭を下げるゆかりだったが、仕草の丁寧さとは裏腹に言葉は容赦なく抉るものだった。

素っ気なくも優しいゆかりの印象からは程遠い断りの言葉に、往人は思わず胸を押さえる。

張り裂けそうなだけでなく、針で串刺しにされたみたいに痛い。

これが失恋の痛みなのかと落ち込む往人だったが、素直に『分かりました』と帰ることは出来なかった。

納得がいかないのでも往生際悪く粘ろうとしたのでもなくて、

「……いい加減にして！」

声を荒げたのは往人ではなく、詠美だった。

両手を強く握り締めた彼女は怒りに細い眉を吊り上げて、キツく姉を睨みつけ、

「センパイとお姉ちゃんがどんな話をしたかは知らないですけど、想像はつきます！　どうせセンパイから昨日の弁解と別れ話のことを聞いて、それが実行される前に付き合えないと言って別れ話自体を無しにしようという魂胆でしょう⁉」

「…………そんな、ことは……」

物凄い剣幕の詠美に詰められ、ゆかりは声を小さくして目を伏せる。

それが意味するところを、往人も理解出来た。つまり詠美の言葉は、少なからず当たってい
るのだと。

「お姉ちゃんに拒絶されたら、センパイはわたしと別れずに付き合い続けると思ったんでしょ
うけど……そんなことされてわたしが喜ぶとでも思ったんですかっ⁉」

「ち、違…………私は、ただ……」

「何も違わない！　そうやって、お姉ちゃんはわたしもセンパイの気持ちも蔑ろにして……大
っ嫌い！！！」

「えっ……ちょっと詠美ちゃん、どこに……⁉」

日頃の丁寧な言葉とは違い気持ちのままに激しく怒鳴りつけると、詠美は自宅マンションと
は逆方向に走り出した。

往人は慌てて止めようとしたが間に合わず、咄嗟に追いかけようとし……踏み出した足の踵
を返し、呆然と立ち尽くすゆかりの前に立つ。

「城之崎先輩、追わないと！　早くっ！」

「あ…………で、も、私…………」

いつもの凛としたゆかりはどこに消えたのか、眼鏡の奥の目は泳ぎ、背中も丸くなって肩を
落としている。

見たことのない想い人の姿に、往人は躊躇いながらも肩に手をやり、

「詠美ちゃんのことだからこのまま家出したり捨て鉢になったりはしないと思いますけど、追わないと駄目です！」

「……分かっている、けど……瀬尾君が行ってあげて。あの子、今は私の顔なんて見たくないはずよ」

「僕も行きますけど先輩も行かないと駄目ですよ！　ここで追わなかったら、きっとしこりが残ります。ウザがられても逃げられても、先輩が探してあげなきゃ……！」

往人に兄弟はいないのでそれが正解かどうかは分からないが、小学生の時に些細な行き違いから一番仲の良かった友人と喧嘩し、その修復が出来ないままに転校して疎遠になってしまったことがある。

関係が深ければ深い程、こじれてしまえば簡単には元に戻せなくなる。だから詠美の言う通りで、彼女が姉に対し拭いきれない悪感情を抱いたのだとしても、ゆかりは追わなくてはならない。妹のことを思うのなら、尚更だ。

「……短い間ですけど、詠美ちゃんと付き合って少しは彼女のことを知れたと思います。あの子は間違いなく先輩のことが大好きで、だからこそあんなに怒ったんです。先輩の顔を見たくないのと同じくらい、先輩に追い掛けてきて欲しいはずなんですよ！」

「…………」

真剣に諭す往人の言葉を、ゆかりは瞳を潤ませながら聞いていた。こんな時でなければ抱き締めたくなる儚い美しさで、ジャージが雰囲気をぶち壊してくれて助かったともいえる。

ややあってからゆかりは静かに、けれど力強く頷いた。

「……お願い、あの子を探すのに協力して」

「分かりました。見つけたら連絡入れますから、先輩は思い当たる行きそうな所を探して下さい。僕はとりあえず駅の方に行ってみます」

「分かったわ。スマホを持ってきてないから、一度家に取りに戻ってから探していくわね」

こくりともう一度頷いたゆかりは、もう儚さなんて消え失せていた。代わりに目に宿っているのは、絶対に成し遂げようという強い意思の光だ。

自分の好きな人が格好いい人なのが嬉しくなりながら、往人は持っていた鞄を肩に担ぎ直し、

「絶対に見つけましょうね！」

「……ええ。それと、あの子に伝えたいことが言えたら、改めて瀬尾君にも言いたいことがあるの」

「うわ、なんか死亡フラグみたいで怖いなぁ……！」

冗談混じりに言って気持ちを盛り上げると、往人は詠美の消えて行った駅方面へと向けて走り出した。

まず真っ先に駅まで戻った往人は、肩で息をしながら周囲に詠美がいないか確認してから、

通行の邪魔にならない店の角でスマホを操作した。

もしかしたら連絡を入れたら出てくれるかもしれないとも思ったので走りながらトライしたものの、電源が切られているのか電波は届かなかった。何回か試したが、結果は一緒だ。

なので往人は発想を変えて、ＳＮＳで『エイミー　見た』や『エイミーがいた』といったワードで検索をかけ、リアルタイムで誰かが目撃していないかをチェックする。すると最後に目撃されているのは、どうやら自分と一緒にいるところだった。

「……ってことは、人が多い場所には来ていない…………ホテル街からこっちへは向かわなかったのか、その前に方向転換したのか……」

走り去って行った詠美だが、途中で足は止まっただろうし、行き先も考えたはずだ。

どこかで長く過ごすなら静かな落ち着いた店か、もしくはカラオケ屋のような個室か。近所に友達がいるならそこを頼る可能性もある。それとも、屋内には入らず、とぼとぼ歩き続けているか、公園で休んでいるか。

「…………一番ありそうなのは、公園かな……」

何となくだが、誰とも会いたくない気分の時の公園は魔法じみた魅力がある。往人も子供の頃に親や友達と喧嘩した時は、公園に籠もった経験があった。

なのでスマホを使いこの辺りの地図を出し、城之崎家のあるマンションから駅方向にある公園を探してみると、一キロ圏内だけでも五つある。

「……虱潰しに探していくとして、あとは…………ん？」

どのルートで片っ端から公園を回るか考えながらスマホを操作していた往人は、地図に気になるものをして指を止める。

「…………川か……河川敷もある……」

ホテル街の向こうに、さして大きくはなさそうだが川があって、いくつか橋も架かっていた。

こういう場所も一人になりたい時は引き寄せられる。飛び降りや入水自殺なんて考えはなくても、何となく水の音を聞いてボーッとしてしまう。

そこもチェックポイントに入れて、往人は駅前から移動した。最初は小走りで、人気が少なくなったら本格的に走り出し、目的の公園へと向かう。

ただ走るだけじゃなくて、周りを見てそれらしい人物がいないかと確認しながら、すっかり夜の帳が降りた街を行く。

一つ目の公園はマンションの裏手にある大きなもので、一目見て往人は違うと判断し通り過ぎた。明かりが多いし、開けていて人が通ると目立つし、マンションからも見える。

そこから更に三分程走った先の公園は小さくて木々の多い場所で、一人になるにはなかなかの環境だった。なので中に入り確認してみたが、誰もいない。ベンチもブランコも木の部分が黒ずんで腐りかけていて、もしこの場所を知っていても来ないだろうなと判断し、次に向かう。

そうして三つ目の公園に向かう前に川沿いに出たので、降りられる場所を探して辺りを探し

ていると、

「……………見つけたっ」

河川敷に降りる階段と——川縁で佇む女の子の影を。

往人は喜びを抑え、まずはスマホでゆかりにメッセージを送りながら、階段を降りて河川敷に行く。

コンクリート部分が終わり砂利が敷き詰められた所まで行くと、川縁にいた人影も輪郭がハッキリして、さっきまで一緒にいた詠美の後ろ姿と一致する。

無事に見つけることが出来てホッとする往人だったが、少し距離を残して足を止め、どうすればいいか迷う。

このまま話しかけるべきなのか、ゆかりが来るまで待つべきなのか。声を掛けるとしても、何を言えばいいのか。探すのに集中して、見つけた時に何を話せばいいかは全く考えていなかった。

どうしようかと往人がそわそわしていると、

「——センパイは甘くないのに優しいですよね」

「っ……」

不意に話しかけられて硬直する往人に、詠美は振り返ってほろ苦く微笑む。

「心配なさらずとも、もう三十分くらいここで頭を冷やしたら帰るつもりだったんですよ。お姉ちゃんとは何日か気まずいでしょうけど、これが初めての姉妹喧嘩じゃないですし、仲直りくらい出来ますから」

「……そっか。でも、やっぱり心配にはなるよ」

「だったら責任取って付き合い続けてくださいよ。そうしたら今夜にでも姉と仲直り出来ますよ？」

「……ごめん、それは無理だよ」

「お姉ちゃんに告白しても上手くいかないと確定したのに？」

「そうだね。あれが妹の為だったとしても、だからこそ僕が告白しても断られるんだろうなと思ったけど……だったら付き合い続けていれば良かったとはならないよ」

「センパイ、もっと気楽に生きた方がいいですよ。でもまあ、それだとわたしは好きにならなかったと思いますけど」

どこかサバサバした口調なのは、ここでクールダウンしたからなのか。

この調子なら、ゆかりが来ても大丈夫だろう。また走り去るようなことはないはずだ。

「……城之崎先輩、悪気はなかったし、詠美ちゃんのことを考えてああしたんだと思うよ。あまりいい気はしなかっただろうけどさ」

「ああいうところがある人なんです。あんな落ち着いた風に見えて、誰かに相談しないで一人で考えて暴走しちゃうタイプなんですよ」

「全然そんな感じには見えないけどね。でも、去年も似たようなことあったよ。司書の先生に図書委員の皆でする仕事を伝言されたんだけど、誰にも言わずに一人でやろうとしてさ。僕が偶然見かけて訊いたら、『教えたら断れないと思って』だって。一人にやらせたら申し訳ないと思っちゃうのにね」

「そういう人なんですよ。センパイがお姉ちゃんに告白しようとした日も、他の図書委員に代わってあげての仕事だったんでしょう？」

「そうそう。あれ、同じ日担当の二人が付き合ってるんだけど、夕方から演劇を観に行く予定でチケット予約したの、日付を一日間違えちゃったらしくてさ。それを聞いた先輩が自分から代わってあげるって言って……でも、一人でやろうとしてたんだよ？　男の方が『こういうことだから代わって欲しい』って僕に頼みに来なかったら、知らずに一人で全部させるところだったよ」

「なるほど。その人のおかげでわたしはセンパイに告白された訳ですか。なら、感謝しなくちゃですね」

深く頷く詠美の様子はもうすっかり普段と変わらなくて、川面に反射した僅かな明かりに照らされた顔も悲壮感はない。

だが、気にしていない訳じゃないのは隣にいる往人に伝わってきた。姉とは違う形だが、この子も人への気遣いに溢れている。

不器用な姉と器用な妹。他にも正反対な要素がいくつもある姉妹だが、根っこの部分は似ているのだろう。

「……そういう城之崎先輩を、僕は好きになった。だから妹を想って振られるのなら、それも仕方ないと思う」

「センパイはお人好しですねぇ。まあ、わたしもそういう人は嫌いじゃないから困ったものです。だからお姉ちゃんのこと、嫌いになりきれないですし。……さっきのは最悪も最悪でしたけど」

「……まあ、うん。気持ちは物凄く分かるよ」

「嫌いだけど、でもやっぱり大好きなので。センパイが許すなら、わたしも許してあげることにします」

「……そっか」

良かった、と往人は心の底から思う。あとはゆかりがこの場に来て、姉妹が仲直りするだけだ。

……と、そう考えた矢先、背後から足音が聞こえてくる。

もう来たんだと、往人は自分の役目が終わった安堵と共に振り向いて、

「…………あれ？」

街灯に照らされている階段を降りてきたのは、ゆかりではなく男性だった。二十代か三十代

の見知らぬ男の姿に、往人は偶然なのかどうなのか分からず振り返ると、詠美は怪訝そうな顔からどこかむっとした表情になる。

近くに住んでいるんだし、もしかしたら知り合いなのかもと思っていると、

「怪しいとは思っていたが……こんな所で逢い引きだなんて……！」

最近ではあまり聞かない言い方をする男に、やっぱり偶然じゃないと悟る。

それとほぼ同時に、往人のすぐ後ろに詠美が近寄ってきて、左腕をギュッと摑んだ。

「わたしがどこで誰と何をしようと、あなたには関係ないと思いますけど」

「……詠美ちゃん、知り合い？」

「……知り合いといいますか、知っているストーカーです。自宅や学校にも押し掛けてきて、裁判所から接近禁止命令が出ているはずなんですけどね」

「……ガチのやつじゃん……！」

ぼそりと教えられたフィクションでしか知らない用語に、往人は背筋がぞわっとするのを感じつつ慌てて正面を向き直る。

目を離したらヤバい。どこで拾ったのか、男の手には木刀より太い角材が握られていて、詠美を庇う腕に力が入る。

その光景が癇に障ったのか、男は目を吊り上げて歯を剝き出しにし、ブンと角材を一振りした。

「お前っ！　誰の許可を得てエイミーの側にいるんだ！」

これは話が通じないなと一発で分かる威嚇だった。

しかもよくよく見ると、男の格好に覚えがあることに往人は気付く。詠美を初めて家まで送ることになった日の夜に店の近くにいた人物——そして昨日、城之崎家のあるマンション近くで目撃した男と、背格好が同じだ。

ということは、ここに現れたのもご近所さんのストーカーだったからじゃなくて、マンションの近くでのあのやり取りを遠巻きに見ていたのだろう。そして詠美を追いかけたもののどこかで見失い、ようやく探し当てた……と。

分かれば分かるだけ不安要素しかなくて、往人はかえって肝が据わった。文字通り背水の陣だ。

逃げ場はないし、凌ぎきるしかない。

「ちょっと待って下さいよ。許可って、そんなの普通要らな……ああ、許可が下りない人もいるんでしたっけ」

「…………あぁ？」

「…………せ、センパイ……？」

殺意すら滲む声に、後ろのか細い声。

どちらもひとまず無視して、往人は男の挙動から目を離さず、覚悟を決める。

でいい。

――勝算はある。武器を持った相手と戦って勝つ自信は欠片もないが、時間が稼げればそれでいい。

さっき男が怒鳴った時、上の道路にこちらを目指して走っているゆかりの姿が見えた。声に反応し、こっちを振り向いたのも。

なのでゆかりが警察に通報して警官が来るか、もしくは近くにいる誰かに助けを求めて何人かで駆けつけるまでの時間、詠美を守れればそれでいい。

流石に刃物を持ち出されていたら詠美を庇いつつ全力で逃げていたが、角材程度なら……まあ、最悪入院するくらいで済むだろう。頭部さえ無事なら死にはしない……はず。

我ながら穴だらけの計画だなと内心で苦笑しつつ、往人は敢えてむっとした表情で、

「あなたが誰なのかは知りませんし興味もないですけど、大事な話をしているところなので邪魔しないで下さいよ」

「……このガキ、偉そうにっ……！」

「彼女に用があるなら少し待ってて下さい。今、別れ話をしているところなんで」

「なんでお前の言うことなんて聞かなっ…………ん？　別れ……？」

思いも寄らない内容だったらしく、男の表情に困惑が広がる。

これまで聞き流されたらどうしようと内心ドキドキだった往人は脳内でガッツポーズを取り、

「そうです。詠美ちゃんには僕の家の……お店をやっているのを手伝って貰っているんですけ

ど、何度か送り迎えしているうちに仲良くなりすぎて。彼女の希望もあって交際することになったものの、やっぱり無理だから別れようって話をしていたところなんですよ。だから用件があるなら、その後でお願いします」

「…………なんだよ、それ。お前、自分が何を言ってるか分かってんのか？」

「当然ですよ。詠美ちゃんにはとてもお世話になっているから言い出しにくかったんですけど……やっぱり、もう無理だなって」

「何を贅沢なことを言ってやがる！　エイミーと付き合えるのに無理もクソもないだろ！」

今にも襲い掛かってきそうな怒気を放つ男に、思わず怯みそうになる。だが往人はぐっと堪え、表情には出さない。それと地味に詠美にしがみつかれている左腕が抓られて痛いが、そっちも堪える。

「そりゃあ詠美ちゃんは可愛いですよ。でも僕は他に好きな人がいるんです。あなたも好きな人がいるなら、そう簡単に心変わりしないのは分かるでしょうっ？」

「あ……？　…………いや、そりゃあ、まあ……」

急に同意を求められて戸惑う男に、往人は畳みかけるように続ける。

「ですよね、分かってくれますよね⁉　だからもう自分に嘘が吐けなくなって、こんな気持ちのまま付き合うのは詠美ちゃんにも悪いから、キッパリ言って別れて貰おうとしていたところなんです。なのであなたが詠美ちゃんに用があるなら、こっちの話が終わるまで待っていて下さい」

「…………それなら……まあ……」

完全に勢いが削がれトーンダウンした男は、チラチラと詠美を見ながら頷いてくれた。もしかしたら、別れた後の傷心の彼女を慰める計画を立てたのかもしれない。

何にせよ、往人が狙い通りの展開になった。相手が相手とはいえなるべく嘘は吐きたくなかったので、出来るだけ事実に基づいての構成になったが、上手く怒りを散らして待ちが得に繋がると思わせることに成功した。

後は適当に詠美と別れ話をして、応援が駆けつけるまでの時間を稼ぐだけ。

……そう思った矢先だった。

「——二人から離れなさい！」

河川敷に響いた声は、他ならぬゆかりのものだと往人にはすぐに分かった。

どれだけ走ったのか肩を上下させて荒い呼吸のゆかりは、男の数歩後ろの場所に立っていた。

——たった一人で。

「なっ……城之崎先輩、なんでっ……!?」

「……お姉ちゃん、割と猪突猛進なところがありますから。誰かに助けを求めるなんて考え付きもしなかったんじゃないですかねー……」

「…………ええ……」

完全にプランが崩れて意気消沈しかける往人だったが、天を仰いでいるような場合でもなかった。

しばらくは待機してくれそうな雰囲気だった男が、ゆかりの登場でまた表情に怒りを滾らせて、

「……お前………そうだ、お前だ！　お前が余計なことをしやがったせいで、俺とエイミーの仲は引き裂かれて……！」

「勘違いも甚だしいわ。ストーカーを通報するのは当然でしょう」

「うるさいっ！　人の純愛を邪魔する奴がどうなるか……いくらエイミーの姉だからって容赦しねぇ！」

いい大人が発するとは思えない怒声と共に、物凄い剣幕でストーカー男がゆかりに襲いかかった。

「危なっ……詠美ちゃん⁉」

咄嗟に庇おうと動いた往人を、詠美が強く腕を引いて止める。姉が襲われるピンチに、何故か「大丈夫ですよ」と落ち着いた様子だった。

全然そうは思えない往人だったが、もう間に合うはずもなく、男が角材をゆかりの頭へ力任せに振り下ろすのを見ていることしか出来なくて——

ぐるん、と男の体が一回転する様を目撃し、自分の目を疑った。

「ぬぎゃっ!?」

腰から砂利だらけの地面に落ちた男は喉が潰れたみたいな悲鳴を漏らす。

そして何をどうしたのか、ゆかりの手には男が持っていたはずの角材が握られていた。

「奇遇ね。私も、武器を持った相手と、妹の身を脅かす存在には容赦しないことにしているの」

「う……や、やめっ、俺が悪かっ……！」

「反省は警察署でして」

無情な一言と共に、ゆかりは角材を横薙ぎに振るい。

めぎ、という今まで聞いたことのない音がして、ストーカー男はゆっくりと仰向けに倒れた。

目の前で起こった現実味のない光景に、往人はポカンと口を開けてフリーズしてしまうが、ようやく腕を放してくれた詠美が隣に並び、

「ほら、だから大丈夫って言ったでしょう？」

「……いや、何事なの……？」

「お姉ちゃん、元は将来を期待された剣道家ですし、通ってた道場で今もたまに護身術で拳法を習っているんですよ。なので相手が大男か格闘技経験者でもなければまず負けません」

「……それにしたってだよ……一回転してたよ……？」

まだ現実を受け入れきれずにいる往人だが、ゆかりが角材を捨ててこちらを見たので、とり

あえず肝心なことを訊いておいた。

「先輩……その人、死んでませんよね……？」

「大丈夫よ。気絶しているけれど、命に別状はないから。しばらく固形物は食べられないかも知れないけど」

「それ大丈夫っていうんですか？」

「入院はしないで済むレベルだもの。しでかした罪に比べれば軽い方でしょう」

何の迷いもなく言い切る辺り、ゆかりの本気が窺えた。これで詠美が怪我でもしていたらどうなっていたことか。

「警察には通報しておいたから、あと五分もしないで駆けつけてくれるはずよ。だから、その前に……」

そう前置いてから、まだ衝撃醒めやらない往人と角材が折れていることに引いている詠美に向かって、ゆかりは姿勢を正してから、深々と頭を下げた。

「瀬尾君も、詠美も、ごめんなさい。私の軽率な行動で、二人を傷付けてしまったわ。本当にごめんなさい……！」

「い、やっ、先輩そんなっ、俺は別に……」

「謝るのなら許してあげないこともないです。ただし今度一つ、言うことを聞いて貰いますから」

慌てふためく往人と違って、詠美はしっかり謝罪を受け入れる。この辺りは姉妹だからだろう。

少し羨ましく思う往人に、横から詠美が肩を突っついてきて、

「この際だから、センパイもお姉ちゃんに言いたいことを言っておくべきですよ」

「え……言いたいことって……」

「本当は嫌ですけど……お姉ちゃんなら、仕方ないって諦めますから。わたしの大好きなお姉ちゃんだから、特別です」

彼女の語る言葉の意味を、往人はすぐに理解した。

同時に、心の底から申し訳無く思う。こんなにも素敵な子の想いに応えられないことを。

けど――だからこそ。

「……ありがとう、詠美ちゃん」

「いえいえ、お気になさらず。今度美味しいパンケーキ、作って食べさせてくださいね？」

「……うん、了解。五枚重ねの特製のを焼いてあげるね」

寂しげな笑顔の詠美に約束し、往人はゆかりの前へと歩み出た。

「城之崎先輩。時間がないし、思いの丈はとっくに知られているので、簡潔に言います」

「…………」

ゆかりが、息を呑むのが分かった。

いつも見ていた制服姿ではなくて、ジャージを着ていて。本を持つのが似合う手には、さっきまで角材を握り、男を造作もなくねじ伏せて。

他にも、告白しようと決めた時には思いも寄らなかった一面を次々と見せられて——それでも、この想いに変わりはなく、むしろ愛おしさが増したくらいだ。

これから先も、ゆかりの新たな一面を見ていきたい。そして自分のことも、彼女に知って貰いたい。

だから往人は余計な言葉は捨てて、真っ直ぐに想いを伝える。

「城之崎先輩のことが、好きです。大好きです。良かったら僕と付き合って下さい」

静かな河川敷に、告白の言葉が響く。

詠美が見つめ、地面ではストーカー男が倒れているという特殊すぎる状況下だが、そんなことは関係ない。

乏しい明かりに照らされているゆかりは頬を赤く染めていて、何度も何度も瞬きをして……

「——ごめんなさい」

二週間越しになる告白の返事は、虚しく夜の闇に吸い込まれていった。

◇◆

「師匠、生きてます？　それとも死んでます？」

「……………ギリギリ、生きてる……」

昼休み。天文同好会が部室代わりにしている空き教室で、細雪が心配そうに往人の顔を覗き込んでくる。

昼食に手をつけず机に突っ伏して、往人はこれ以上ないくらいに空虚な気持ちを味わっていた。

それもこれも色々あった昨日の最後に、見事散ったからだ。

「……………あの流れならいける感じだったんだけどなぁ………」

「え……まさか師匠、欲望のままにエイミーに迫って……!?」

「違う……違うけど、そっちの方がマシなのかなぁ……」

告白が成功すると、最初は本当に思っていなかった。だが、昨夜の雰囲気だとなんだか成功しそうな気がしてしまい、その落差がダメージとなって無気力状態に陥っている。

まさか一日に二度も同じ人に振られるだなんて、想定外にも程がある。

結果、往人はほぼ一睡も出来ず、朝食も抜きだったのにまるで食欲が湧かずに死んでいた。

「…………はー…………生きるのが辛い…………」

「……師匠……ぼ、ボクのでよければ触ります……!?」

「……だからそういう失敗したんじゃなくて…………?」

顔を真っ赤にした細雪がとんでもないことを言い出したのに弱々しく突っ込んでいると、ドアがノックされる音が聞こえてきた。

誰だろう、と思うのと同時に、ついこの間も同じことがあったとデジャヴを感じ、

「よっす、邪魔するぞー……っと、やっぱしここだったな」

案の定というべきか、返事もしていないのに勝手にドアを開けて入ってきたのは馬亥兎だった。

「むっ、またしても性懲りもなく……!」

すぐに細雪が特撮ヒーローみたいな構えを取り威嚇するが、すぐに「あわわっ」と声を上げて往人の後ろに隠れる。

また前回同様に詠美を連れて来たんだろうかと思い、往人はのろのろと体を起こし……入り口の方を見て、硬直した。

「天文同好会、ね。そんなものがあるの、知らなかったわ」

「いっ……き、城之崎、先輩……!?」

まさかの人物が現れて、往人は思いっきり動揺し、もう少しでイスから転げ落ちるところだ

った。

頭が真っ白になり、立ち上がったまま次のアクションが取れずにいると、遠慮なしに入ってきた馬亥兎が軽く手を挙げ、

「教室にな、ゆっきーを訪ねて来てたんだよ。だから連れてきた」

「そ、そうなんだ……」

「なんか話があるらしいぜ。つーわけで、さっさー行くぞ。学食でラーメン食おうぜ」

「んなっ、どうしてボクが干支男なんかと……わわっ、離して！　制服引っ張らないでってば!?」

強引に馬亥兎が細雪を引き連れて出て行き、ドアが閉められる。

必然的に空き教室には往人とゆかりの、振られた人間と振った相手が残された。

気まずすぎる二人きりの状況に、往人は居住まいを正すも落ち着かずにそわそわしてしまい、

「ごめんなさい。あなたの友達に無理を言ってしまって」

「……い、いえ。でも、何か僕に用が……？」

「用、というか……すぐにでも終わらせたくて。長引くと、精神衛生上良くなさそうだから」

「…………？」

謎掛けのようなゆかりの言葉に、往人は眉根を寄せて相手の顔を見る。

するとゆかりはちらりとだけこちらを見て、すぐに目を逸らして壁に貼られた天文図を凝視

し、

「……私、面と向かって告白されたの、初めてだったの。だからテンパってしまって、色々と順番を間違えてしまったわ」

「…………順番、ですか？」

「そう。それでも、もっと時間があれば訂正も立て直しも出来たのだけれど、すぐに警察が到着したでしょう？　あれで完全に終わってしまったから、昨夜は後悔ともどかしさで眠れなかったわ。すぐにでも伝えたくて、朝からあなたの家に押し掛けようかと思ったくらいよ」

相変わらず目を合わせてくれないゆかりの言うことを、往人は半分も理解出来なかった。こんなこと初めてだ。

恐らく、ゆかり自身も何を言っているのか分かっていない部分もある。それくらいテンパっているのだろう。

要領を得ない彼女に対し、往人はかなり迷いながらも、訊ねることにした。

「ええと……城之崎先輩は、何か僕に言いたいことがあるんですか？」

「……そう、そうよ。上手く伝えられないかもしれないけど、聞いて頂戴」

そう言うとゆかりは目を閉じ、短く深呼吸を何度かする。胸に手を当ててゆっくり目を開けると、今度は真っ直ぐに往人を見つめてきた。

「まず第一に……告白してくれて、ありがとう。嬉しかった。恥ずかしくて逃げ出したくなるくらい、嬉しかったわ」

「そ、それは、どうも……？」

どう返すのが正解か分からず狼狽える往人だったが、ゆかりは目を細め、

「瀬尾君が私のことを好きだっていうのがすぐに信じきれなくて、しかも詠美と付き合い始めて、随分ともやもやしたわ。でも、日が経つにつれてあの子が瀬尾君のことを好きだっていうのがとても伝わってきて、余計に自分がどうするべきか分からなくなったの。私はあの子が悲しむところを見たくなかったし、瀬尾君の想いに釣り合うだけの気持ちもなかったから」

ふう、とゆかりはため息混じりの吐息を漏らす。

「……瀬尾君のことは、好ましく思っているわ。でも、詠美みたいに押し倒して迫るくらい好きとまではいかないし、後で幻滅されるのも怖かったから、身を引こうとして……大失敗しちゃったわね」

「あれは、まあ、はい……」

「詠美に怒られて、瀬尾君にもう一度告白されて……ようやく、分かったの。私は、なんだかんだ言って、真剣に向き合っていなかったんだって。『誰かの為に』という都合のいい言い訳をして、自分の気持ちをさらけ出すことから逃げていたの。最初は純粋に妹を守りたかったのだけれど、いつからかそれを殻にして閉じこもっていたのね」

自嘲するように話すゆかりだが、往人はそれも彼女の優しさからくるものだと思った。そう

でなければ見返りのない自己犠牲なんて出来はしない。

そんなゆかりだから好きになったのだが、昨夜の告白もあんな形で断られてしまうと、リトライを続けるのは流石にキツい。

「本当に身勝手だけれど……ごめんなさい。今の私は、瀬尾君の気持ちに応えられない」

「……はい」

しかも改めて断られた。ボロボロだった精神が瀕死状態だ。

泣きたくなる往人に、とどめを刺すようにゆかりは目をのぞき込んできて、

「だから――気持ちが釣り合うくらい、瀬尾君のことを好きにならせてくれる？」

「…………え？　それ、って……」

「最愛の妹でも譲れないって言い切れるくらい、瀬尾君が私にとって掛け替えのない人になってくれるのなら――こんな私で良ければ、付き合って下さい」

「……え、えっ⁉　どっ……どういうこと……⁉」

唐突すぎる展開に、喜びよりも戸惑いが強くて完全にパニック状態になる往人だったが、ゆかりの目は真剣そのものだ。一ミクロンも冗談の気配はない。

表情も論文発表でもしているのかってくらい真面目なもので、ただ顔色だけがほんのり赤く染まっていた。

ゆかりからの逆告白を何度も反芻した往人は、しばしの沈黙の後で、

「つまり……交際する中で、城之崎先輩にもっと好きになって貰えればいいってことですか？」

「概ねそういうことだけれど、よく考えてから答えてね。私、割と根に持つタイプだから。その気にさせておいて『やっぱり合わないので別れて欲しい』と言われても、簡単には済まないと思うわ。そうなる前に早期契約解除するのがお勧めよ」

「……むしろ先に愛想尽かされないよう努力しなくちゃいけないと思いますけど………でも……本当に、僕と付き合ってくれるんですか……？」

未だに信じられなくて確認してしまう往人に、ゆかりは少しだけ怒ったように軽く唇を尖らせながらも頷いた。

その瞬間、ぶわっと堰を切ったみたいに胸の奥から喜びが溢れ出て、往人は思わずゆかりの手を取る。

「あのっ、城之崎先輩が付き合ったことを後悔しないよう、精一杯頑張りますから！　これからよろしくお願いします！」

「……はい。瀬尾君、こちらこそよろしくお願いね」

そう言って微笑むゆかりは、本当に眩しいくらいに綺麗で、往人は幸せな気持ちと共に目頭が熱くなってきて、

「付き合うのなら、名前で呼び合えばいいんじゃないですかねー」

——突如聞こえてきたその声に、感動の涙は一瞬にして引っ込んだ。

「な、えっ……詠美ちゃん⁉」

慌てて声のした方を振り向けば、僅かに開いたドアの隙間からこちらを覗く人物がいた。

パッと握られていた手を振り解いたゆかりは、完全に笑みを消して入り口の方へと行き、勢いよくドアを開ける。

するとそこには詠美だけでなく、馬亥兎と、二人に捕まった涙目の細雪という妙なトリオがいた。

「…………あなた達……どういうつもり？」

底冷えするようなゆかりの詰問に、馬亥兎すら表情を強ばらせる。細雪は顔を真っ青にしていて今にも卒倒しそうだった。

その中で詠美だけは小悪魔っぽく微笑んで、

「お姉ちゃんがセンパイの教室から出て来た時に、丁度わたしも居合わせたんですよ。なのでこっそり後をつけて、出て来た二人を唆しての鑑賞タイムと洒落込んでいた訳です」

「訳です、じゃないでしょう⁉　どうしてそんな趣味の悪いことするのっ。まさかあなた、まだ瀬尾君に未練たっぷりなんじゃないでしょうね⁉」

「んー。未練というか、センパイと別れたつもりないですし」

あっけらかんと言った詠美の衝撃発言に、往人達は時間停止をしたみたいに凍りついた。

何秒の間があったか、往人は意識の再起動成功と同時にぶわっと焦燥感に襲われて、慌てて詠美に詰め寄る。

「ちょっ、どういうこと⁉　だって詠美ちゃんの方から諦めるって……！」

「はい、言いましたよ。でもそれはセンパイを諦めるんじゃなくて、独占するのを諦めるって意味です」

「…………それって、つまり……？」

「お姉ちゃんとも付き合うのを容認しただけです。ほら、別れてないでしょう？」

胸を張って堂々と言い切る詠美の姿に、往人は口を半開きで唖然とする。見ればゆかりも普段の凛とした様とはまるで違う、呆れかえった顔をしていた。馬亥兎も細雪も似たような表情だ。

この場でただ一人、とても楽しそうな詠美は姉の腕を取り天使の笑みで、

「それではセンパイ――これからは姉妹共々、仲良くしてくださいね？」

可憐にウインクをしながらとんでもないことを言う年下の彼女に、往人は膝から崩れ落ちるしかなかった。

エピローグ

「全く、お姉ちゃんってば酷いですよねぇ。自分から言い出した癖に……センパイもそう思いません？」

「……ちっとも思わないよ。先輩の気持ち、僕は物凄く分かるから」

嵐のような昼休みから二時間程経って、放課後。

今日はサプライズ出勤してくれるとのことで、往人は詠美と二人で帰宅の真っ最中だった。

ちなみに詠美が言っているのは昼休みが終わるチャイムの後で、頭痛を堪えるようにこめかみに手を当てたゆかりが『……瀬尾君には悪いけれど、少し考え直させて』と前言撤回するような発言をしたことに関してだ。

深く訊ねられる雰囲気じゃなかったし、往人も混乱していたので、ゆかりがどうするつもりなのかは分からないが、責める気には全くなれなかった。

責めるとしたら詠美の方だが……確かにあの時、『センパイと別れてあげます』とは言っていなかった。諦めるという意味を勝手に解釈したのは往人の方だ。……まあ、近くで聞いていたゆかりも同じ解釈だったので、あんなの取り違えない方が無理だが。

ともあれ、足取り軽く前を歩く詠美とは違い、寝不足による体力の消耗と甚大な精神的ダメージで往人はのろのろと進んでいた。

時折振り返る詠美を恨めしげに見るも、全てを浄化するような笑顔で受け流されてしまう。

「はぁ……どうしてこんなことに……」

「もう、センパイってば暗過ぎですよ。わたしとは付き合えているんですから、それだけでも十分にお釣りがくるでしょう？　上手くいけば美人姉妹を独り占めなんですし」

「……そこまで自己評価が高いのに過大じゃないってのは本当に凄いと思うけどさ。僕はそんなに器量が大きくないし余裕もないから、出来れば本命一人に絞りたいな……」

「ここそこ隠れて付き合う訳じゃないんですから、どうとでもなりますよ。何せわたしが好きになった人なんですから！」

すぐ近くに誰もいないとはいえ、ちょっと離れたところには同じ学校の生徒もちらほら歩いている。なのに堂々と公言する詠美が、往人には眩しく見えた。

……それと同時に、やっぱり疑問に思うのは、

「今更だけどさ。詠美ちゃんは、僕のどこが好きで付き合おうと思ったの？」

最大の謎はそこだ。あの誤爆告白をした日が初対面なのに、バグっているとしか思えない好感度の理由が知りたかった。

最早簡単には別れられそうにないと持久戦の構えになったからこそ改めて訊いた往人に対し、詠美は呆れ混じりの苦笑を浮かべ、

「本当に今更ですよ。それに、いざ訊かれるとちょっと困りますしねー。正直、一目惚れみたいなものなので」

「ええ……？　…………趣味悪くない……？」

「センパイはもっと自分に自信を持ちましょうよー。でもまあ、確かに顔はそこまでタイプじゃないですけど。松竹梅だと竹ゾーンって感じで」

「妥当というか十分に有り難く思える評価だけど……じゃあ、一目惚れっていうのは……？」

謎が深まるばかりで困惑する往人に、詠美は思い出しているのか視線を宙に彷徨わせる。

「あの日、わたしは中途半端に時間が空いていたので、少しだけお姉ちゃんのお手伝いをしようと思って図書室に行ったんですよ。それで準備室の方で姉妹分かれて作業をしていたら、センパイがやってきて告白を始めた訳です」

「…………まさか他に人がいるとは思わなかったからさ……」

「わたしも最初は何事かと思いましたよ。でもすぐにお姉ちゃんへの告白を間違えてしちゃってるって気付いたら……もうドキドキして。悪いことをしているような気分と、ベタでドストライクな恋愛ドラマを見ているような気分をダブルで味わって、しかもセンパイが凄く真剣だから人違いだと言い出せなくなっちゃって」

そこまで話すと、詠美は往人の隣へと駆け寄ってきた。

足は止めないまま横から顔を覗き込んできて、悪戯っぽく微笑む。

「お姉ちゃんから聞いたことがあったので、告白しているのが誰かはすぐに分かりました。なのでこっそり、積まれた本の隙間から顔を見たんです。センパイは気付いてなかったみたいですけど」

「……余裕ゼロだったからね」

「顔を真っ赤にしてお姉ちゃんへの想いを語るセンパイの姿を見て、もうドキドキが止まらなくなっちゃったんです。最初は大好きな姉のいいところを分かってくれている素敵な人だなー、くらいだったんですけど……あんなにも好きだって伝わってくる告白、見たこともされたこともなくて。あんなにお姉ちゃんが羨ましくなったの、初めてでしたよ」

熱っぽく語る詠美は足を止めて、大事なものを守るように両手で胸を押さえる。

そして、つられて止まった往人に向けて、照れ臭そうにはにかんだ笑みを見せた。

「たぶんあの時、わたしはセンパイを好きになるより先に、恋に落ちたと思うんです。こう、ストーン、って」

「そう、なの？　好きが募って恋になるんじゃなくて？」

「それは愛情だと思いますよ。わたしの体感ですけど、時間も好みも関係なしに一瞬で落ちちゃうのが恋です。やー、もー、あれは凄いですよ。いきなりセンパイのことが好きすぎてキスしちゃいたくなったんですから」

「なんでいきなり発情スイッチが……!?」

「あっ、その言い方は酷いです！　確かにえっちぃこともしたくなりましたけど！　その日の内に避妊具購入に踏み切りましたけど！」

「声っ、声抑えて！　マジで人に聞かれたらアウトなこと言っちゃってるから！」

「おおっと、つい興奮してしまいました……もう、恥ずかしい真似させないでくださいよ」

勝手に盛大な自爆をしておきながら抗議した詠美は、少し赤くなった自分の頬を両手で挟み、

「とにかく、です。わたしの場合、センパイに恋をした方が先だったんです。だから楽しくて嬉しくて悔しくて、もう毎日が大変なんですよ」

「それは……よく分からないんだけど、どうして？」

「だってセンパイと色んなことをして、センパイのことを色々と知って、その度に好きが増えていくんですよ？　なのにセンパイはお姉ちゃんに首ったけなのが業腹ですけど……障害がある方が恋は燃えるって本当ですね！」

どこまでもポジティブかつパワフルに語る詠美の姿は、往人にはとても眩しく見えた。

キラキラと光を纏って、世界一の称号を得るに相応しい可愛らしさで、笑顔を向けてくる。

「センパイがお姉ちゃんを好き好きにさせる前に、わたしがセンパイを好き好きってさせちゃいますから。覚悟してくださいねっ？」

バンッ、と指で鉄砲を撃つ仕草をする詠美(えいみ)は、自信に満ち溢(み あふ)れていた。

あまりにも手強(てごわ)い美少女からの宣戦布告に、往人(ゆきひと)は苦笑いすら出来ず。

明け透けに好意をアピールする詠美(えいみ)のあざとい可愛(かわい)さに、見惚(みほ)れるしかなかった。

あとがき

初めましての方もそれ以外の方も、まずはこの本を手に取って頂き、ありがとうございます。作者の上月司です。

このあとがきは本編のネタバレを交えて書いていくので、たまにいるあとがきから読んでみよう派の方はふりだしに戻るのをお勧めします。普通に意味分からんだろうし。

さて、エイミー可愛いを盛り沢山でお送りした今作ですが、如何だったでしょうか？　気に入って貰えたのなら幸いです。

ちなみに僕は姉のゆかり派でスタートしましたが、終わる頃には気持ちが揺らいでいたので、実際に迫られていた主人公は大変だったに違いない……

城之崎姉妹は普段とても仲が良くて、家だと基本的に詠美が喋り続けてゆかりが聞き役に徹する形なのですが、どちらかというとゆかりの方が詠美にべったりです。妹が好きというのもあるし過保護な面もあるので、お姉ちゃんとしては人気者の妹がとても心配であれこれ知りたがる傾向に。

あと、二人が護身術を習った道場の話。ゆかりが通っていた剣道の道場なのですが、師範と師範代が色々な格闘技を使えるので、ゆかりは拳法、詠美は合気道ベースで習っています。ゆかりは実戦でも使えるレベル、詠美は投げるのは無理だけど防御するのは得意。

なのでどちらも往人より強いです。主人公が勝てるのは細雪しかいない……


今作も多くの人に手伝って貰って出すことが出来ました。ありがとうございます！

特にイラストを描いて頂いたろうかさん、『世界一可愛い』なんてとんでもない注文のヒロインですみません。おかげで超可愛いエイミーを見ることが出来て僕は満足です。ありがとうございました！

これを書いている時点では次巻を含めて何もかも未定な状態なのですが、出来る限りまた城之崎姉妹に振り回される往人の物語を書きたいので、応援よろしくお願いします。

それではまた、次の機会に～。

●上月　司著作リスト

「カレとカノジョと召喚魔法①～⑥」（電撃文庫）
「れでぃ×ばと！①～⑬」（同）
「レイヤード・サマー」（同）
「らぶなどーる！①～③」（同）
「アイドル♯ヴァンパイア①～②」（同）
「堕天のシレンⅠ～Ⅲ」（同）
「だれがエルフのお嫁さま？①～②」（同）
「黒の英雄と駆け出し少女騎士隊（リリィナイツ）」（同）
「世界征服系妹1～2」（同）
「可愛い可愛い彼女（わたし）がいるから、お姉ちゃんは諦めましょう？」（同）

本書に対するご意見、ご感想をお寄せください。

ファンレターあて先
〒102-8177　東京都千代田区富士見2-13-3
電撃文庫編集部
「上月 司先生」係
「ろうか先生」係

本書は書き下ろしです。

電撃文庫

可愛い可愛い彼女がいるから、お姉ちゃんは諦めましょう？

上月 司

2021年12月10日　初版発行

発行者　青柳昌行
発行　株式会社KADOKAWA
〒102-8177　東京都千代田区富士見2-13-3
0570-002-301（ナビダイヤル）
装丁者　荻窪裕司（META＋MANIERA）
印刷　株式会社暁印刷
製本　株式会社暁印刷

●お問い合わせ
https://www.kadokawa.co.jp/（「お問い合わせ」へお進みください）
※内容によっては、お答えできない場合があります。
※サポートは日本国内のみとさせていただきます。
※ Japanese text only

※定価はカバーに表示してあります。

ISBN978-4-04-913948-8　C0193　Printed in Japan

電撃文庫　https://dengekibunko.jp/

電撃文庫創刊に際して

文庫は、我が国にとどまらず、世界の書籍の流れのなかで〝小さな巨人〟としての地位を築いてきた。古今東西の名著を、廉価で手に入りやすい形で提供してきたからこそ、人は文庫を自分の師として、また青春の想い出として、語りついできたのである。

その源を、文化的にはドイツのレクラム文庫に求めるにせよ、規模の上でイギリスのペンギンブックスに求めるにせよ、いま文庫は知識人の層の多様化に従って、ますますその意義を大きくしていると言ってよい。

文庫出版の意味するものは、激動の現代のみならず将来にわたって、大きくなることはあっても、小さくなることはないだろう。

「電撃文庫」は、そのように多様化した対象に応え、歴史に耐えうる作品を収録するのはもちろん、新しい世紀を迎えるにあたって、既成の枠をこえる新鮮で強烈なアイ・オープナーたりたい。

その特異さ故に、この存在は、かつて文庫がはじめて出版世界に登場したときと、同じ戸惑いを読書人に与えるかもしれない。

しかし、〈Changing Times,Changing Publishing〉時代は変わって、出版も変わる。時を重ねるなかで、精神の糧として、心の一隅を占めるものとして、次なる文化の担い手の若者たちに確かな評価を得られると信じて、ここに「電撃文庫」を出版する。

1993年6月10日
角川歴彦

ギルドの受付嬢ですが、残業は嫌なのでボスをソロ討伐しようと思います
uketsukejou saikyou
残業回避！
定時死守！
（自分の）平穏を守るため、受付嬢が凄腕冒険者へと変貌する――!?
第27回 電撃小説大賞 金賞 受賞
ギルドの受付嬢ですが、残業は嫌なので
ボスをソロ討伐しようと思います
冒険者ギルドの受付嬢となったアリナを待っていたのは残業地獄だった!?　すべてはダンジョン攻略が進まないせい…なら自分でボスを討伐すればいいじゃない！
［著］香坂マト
［ill］がおう
電撃文庫

インフルエンス・インシデント
Influence Incident
SNSの事件、山吹大学社会学部『白鷺ゼミ』が解決します!(多分)
駿馬京
illustration◇竹花ノート
女教授と女子大生と女装男子が
インフルエンサー
インターネットで巻き起こる
インシデント
事件に立ち向かう!
第27回
電撃小説大賞
銀賞
受賞
電撃文庫